수고했어, 박 동장

수고했어, 박 동장

2022년 3월 15일 초판 1쇄 펴냄

펴낸곳 도서출판 **삼인**

지은이 박성택
편집 박장호
펴낸이 신길순

등록 1996년 9월 16일 제25100-2012-000046호
주소 03716 서울시 서대문구 성산로 312 북산빌딩 1층

전화 (02) 322-1845
팩스 (02) 322-1846
전자우편 saminbooks@naver.com

디자인 디자인 지폴리
인쇄 수이북스
제책 은정제책

ⓒ박성택, 2022
ISBN 978-89-6436-215-0 03810

값 14,000원

＊이 책은 2020년에 출간된 『퍼블릭 서번트의 꿈』을 제목을 바꿔 재출간한 책입니다.

수고했어, 박 동장

9급으로 시작해 동장으로 퇴직한
어느 공무원의 좌충우돌 이야기

박성택 지음

삼인

막 임용된 신규 공무원의 마음으로

9급에서 시작해 동장으로 퇴직할 때까지 31년의 이야기를 풀었다.

이 책을 통해 공무원의 인간적인 면이 독자들에게 전달되기를 바란다.

특히, 이 책이 공무원이 되고자 하는 분들에게

공무원 생활을 안내하는 작은 등불이라도 되었으면 좋겠다.

지친 몸과 마음을 추스르며

9급 공무원 시보로 공직 생활을 시작한 지가 엊그제 같은데, 31년 세월이 봄날 꿈처럼 흘러가 버렸다. 아쉬움에 꿈의 한 자락을 잡아보려 했지만, 부질없는 짓임을 깨달았다. 헛헛한 마음을 〈진도 홍타령〉으로 달래고 시작하고자 한다.

"꿈이로다. 꿈이로다. 모두가 다 꿈이로다. 너도나도 꿈속이요, 이것저것이 꿈이로다. 꿈 깨이니 또 꿈이요, 깨인 꿈도 꿈이로다. 꿈에 나서 꿈에 살고 꿈에 죽어가는 인생 부질없다. 깨려는 꿈, 꿈을 꾸어서 무엇 하리. 아이고 대고 허허야 성화가 났네. 에헤."

다행히 정년퇴직하기 전에 기억에 남는 일들을 이야기로 남기겠다고 결심한 계기가 있었다. 오십이 넘은 나이에 대학원에 다니면서 교수님 한 분과 각별하게 지냈다. 어느 날 술자리에서 교수님이 내게 물었다.

"박 선생은 나이도 있고 공무원 생활도 얼마 남지 않았는데, 왜 아직도 6급입니까?"

나이는 적은데 직급이 높은 동기들이 있었기에 궁금했던 모양이다. 그간에 있던 사연들을 전하고서, 아마도 6급으로 퇴직할 것 같다고 말씀드렸다. 교수님은 고개를 끄덕이시더니, 퇴직하고 나면 책을 한 권 써보는 게 어떻겠냐고 하셨다. 공직 생활 30여 년을 6급 공무원으로 마치는데, 회한이나 에피소드를 이야기로 엮어보라고 하셨다. 순간, 내 머릿속에는 지난 일들이 주마등처럼 스쳐 가며 그림이 그려졌다. 공무원이었다고 하면 안정된 직장에서 무난하게 세월을 보냈으리라는 세간의 인식과 달리, 나의 공직 생활은 드라마틱했다.

'그래, 써보자!'

동기 부여가 되자 삶에 의욕이 생겼다.

그 후 책 쓸 궁리에 지난 사연들을 되새기며 목차를 가늠해 보곤 했다. 몇몇 일들은 반드시 기록으로 남겨 사람들에게 전하고 싶다는 욕심도 생겼다. 이왕 쓰려면 독자들과 공무원 조직에 의미 있는 글을 써보자. 조직 내부의 일이든 개인적인 일이든 재직 중에 일어난 일이니 공직과 무관하지 않을 것이다. 내가 겪었던 일들을 밝히는 것이 고통스럽고 부끄럽더라도 감추지 말고 솔직하게 쓰리라고 마음먹었다.

2019년 7월 1일부터 12월 31일까지 공직 생활을 사실상 마감하는 공로연수에 들어갔다. 공로연수는 공무원이 정년퇴직하기 전에 사회적응 기간으로 주어지는 6개월 휴가다. 직장에서 송별회를 치르고, 고향으로 내려가 동네 어르신들에게 귀향 인사를 드렸다. 글을 쓸 곳을 찾던 중, 인연을 따르다 보니 트로트로 대한민국을 뒤흔든 가수 송가인의 고향 진도에 머물게 되었다. 방해받지 않고 글을 쓰려고 멀리 진도까지 갔지만, 원 없이 놀 수도 있었다. 진도의 산과 바다와 저수지를 누비며 등산과 낚시와 남도 문화에 젖어 세월 가는 줄 몰랐다. 등산과 낚시가 나의 심신을 단련시켰다면, 사단 고음을 거침없이 넘나드는 송가인의 노래는 나의 감성을 풍요롭게 했다. 무엇보다도 진도 민속문화예술단 전수관에서 전라남도 무형문화재 조오환 선생에게서 판소리 〈사철가〉를 사사할 수 있었던 것은 큰 행운이었다.

진도의 넉넉한 자연과 풍부한 문화 예술에 빠지다 보니, 여름과 가을이 훌쩍 지나갔다. 벽파에서의 전원생활은 서울에서 메마르고 상처 입은 나의 몸과 마음에 치유의 에너지를 선사하는 시간이었다. 그 힘으로 지나온 31년을 곱씹어 가며, 하루 한 조각씩 이야기를 써 내려갔다. 둔전저수지에 기러기 떼가 날아들고 붕어들이 저수지 깊은 곳으로 이동할 무렵, 나는 이야기를 마무리할 수 있었다.

이 책의 내용은 직급별 근무 시기에 따라 세 부분으로 나뉜다.

첫째 장은 9급 공무원에서 7급 공무원까지 하위직 공무원이었던 22년간의 이야기, 둘째 장은 6급 공무원으로 지낸 8년간의 이야기, 셋째 장은 5급 간부로 1년간 근무했을 때의 이야기이다. 써놓고 보니 밀린 숙제를 끝마친 기분이 들었다. 한편으로 머릿속에 맴돌던 생각을 글로 표현하기에 나의 능력이 많이 부족하다는 것을 깨달았다. 그러나 '부족한 글이라도 보여주는 것 또한 용기'라는 말로 부끄러움을 모면하고자 한다.

끝으로, 진도 벽파에 머무는 동안 살뜰히 챙겨주신 집주인 김평심 할머니께 감사드린다. 나와 비슷한 시기에 강아지로 들어와 끔찍이도 나를 따랐던 호피 무늬 진돗개 호피도 앞으로 잘 자라 성견이 되기를 바란다. 이름 없는 퇴직 공무원의 서투른 글솜씨로 쓴 어설픈 이야기를 읽어주실 독자 여러분께도 머리 숙여 감사드린다.

2020년 가을
진도 벽파에서 박성택

설익은 과일을 따버린
초보 농부의 심정이 되어

2020년 10년 20일, 졸저 『퍼블릭 서번트의 꿈』을 내고 출판기념회를 가진 지 1년이 지났다. 책은 거의 팔리지 않았다. 내가 읽어봐도 글에 매끄럽지 않은 부분이 많았다. 나는 성급한 마음에 설익은 과일을 따버린 초보 농부의 마음이 되어 고민하기 시작했다. 무엇보다도 제목이 어렵고 부제도 내용을 드러내지 못했다. 후배 공무원이 물었다. "늘공이 무슨 뜻입니까?" 말 지어내기 좋아하는 사람들이 지어낸 어공(어찌다 공무원이 된 사람-정무직)과 늘공(직업 공무원)의 의미를 정작 공무원들도 모르고 있었다.

고민은 오래가지 않았다. 평생 후회하느니 제목과 부제를 바꾸고 내용을 다듬어서 개정판을 내자. 유튜브에서 출판 전문가의 강의를 들은 것도 개정판을 내는 데 용기를 주었다. 나 같은 무명

작가들은 콘텐츠가 아무리 좋아도 표지, 제목, 부제에서 독자들의 눈길을 끌지 못하면 팔리지 않는다고 했다. 그렇다면 콘텐츠에는 자신이 있는가를 자문해 보았다. 지인들에게 책을 선물했는데 소감을 보내왔다.

지나치게 개인적이지도 지나치게 공적이지도 않은 이야기, 단숨에 읽었습니다. 88년 서울올림픽부터 이야기가 시작되는데, 아… 그땐 그랬었지! 사회의 각종 굵직한 변화 속에서 일선에서 어떻게 움직이는지 함께 호흡한 느낌이었습니다. 학교나 미디어에서 보는 우리의 격렬했던 근현대사 아래에서 묵묵히 31년간 사회의 변화를 공직자의 시점에서 재미있게 풀어놓은 책입니다. 대한민국이 돌아가는 모세혈관을 본 기분이었습니다. 은퇴 이후의 책이 또 나오기를 기대해 봅니다. (회사원 신송이)

어제 『퍼블릭 서번트의 꿈』 받아서 첫 고개 끝부분, 고창 아줌마 이야기까지 단숨에 읽었네. 오늘 끝까지 다 읽을 계획일세. 진심을 담아, 있었던 그대로를 진솔하게, 특히 정확한 어휘를 구사하여 물 흐르듯이 써 내려간 저자의 문장력이 돋보였네. 공직 생활을 시작하는 사람들의 필독서가 되었으면 딱 좋겠다는 생각이네. 귀한 책 보내줘 고마우이! (순천대 명예교수 조원래-저자의 고3 담임교사)

소박하고 꾸밈없이 진솔하게 펼쳐진 그야말로 삼십여 년의 파노라마를 그려낸 행정 실록. 그 가운데서도 저자의 해박한 지식, 때론 논리적으로, 때론 정확한 수치를 제시하며 써 내려간 부분들을 통해 중랑의 역사도 함께 돌아본 듯합니다. 그저 유명한 정치가들이 외쳐대는 복지 포퓰리즘이 아닌 긍휼한 마음으로 사람을 대해온 모습에서 깊은 감동과 노고를 엿보았습니다. (어린이집 원장 김옥례)

우리나라에 공무원 시험을 준비하는 사람들, 이른바 공시족이 수십만이라고 한다. 그런데 나도 그랬지만 공무원이 되면 실무에서 구체적으로 어떤 일을 하고, 어떤 일이 벌어질지는 아무도 모른다. 언론 보도를 보니 공무원 이직률이 10퍼센트 정도다. 힘들게 공부해서 합격했는데, 막상 적성이 맞지 않거나 적응하지 못하고 그만둔다는 것은 개인이나 국가적으로 엄청난 낭비다. 나는 그분들에게 이 책이 예방주사가 되어 공직사회에 잘 적응할 수 있기 바란다. 또한, 현직 공무원들이 조직 내부 일이나 대민 업무를 할 때, 이 책에 소개된 여러 가지 사례를 참고할 수 있을 것이다. 왜냐하면, 아무리 시대가 바뀌어도 문화는 쉽게 바뀌지 않을 뿐더러 인간의 본성은 그대로라고 생각하기 때문이다.

시도하지도 않고 두고두고 후회하느니, 다시 해보고 실패해도 좋다는 마음으로 개정판을 내게 되었다. 책 내는 데 동기를 부여하신 최용석 전 서울시립대 교수님께 추천사를 부탁했다. 교수님은 시카고대학에서 사회학 박사학위를 받았다. 서울시립대 겸임교수 재직 시 문화관광마케팅 지도교수로 나와 인연을 맺었다. 성균관대 겸임교수를 거쳐 지금은 방송 제작자로 활동하고 계신다. 인기리에 방영된 JTBC 〈풍류대장〉을 기획하셨다. 바쁜 와중에서도 추천사를 써주신 최용석 박사님께 깊이 감사드린다.

끝으로 초판 발행 출판기념회 때 '저자와의 대화'에서 좌장으로 대화를 이끌어주신 경희대 김민웅 교수님께 늦게나마 머리 숙여 감사드린다. 교수님께서는 나와 홍승권 삼인출판사 부대표를 연결하시고, 출판기념회 좌장을 맡아주셨으며, 독서 리뷰까지 써주셨다. 당일에는 경황이 없어 먼저 가시는 교수님께 인사도 제대로 못 드린 점이 죄송스럽다.

2022년 2월
박성택

말이 씨가 되게 한 인연으로

　박성택 선생님은 제게 늘 '한 방' 먹이는 분입니다.

　박 선생님께서 서울시립대학교 도시과학대학원 문화예술관광학과에 입학해서 저랑 인연을 맺었던 것이 2015년 봄 학기의 일입니다. 저는 그 이전부터 같은 과 겸임교수로서 강의를 해왔지요. 주경야독하는 학생들이 모인 특수대학원인지라 학생들의 연령, 이력, 직업 등이 다양합니다. 교수나 학생이나 낮에는 생업으로 바쁘고 때로 지친 일상을 보내다가, 수업이 있는 날에는 모처럼 '학구적'이 되다 보니 그 뿌듯함과 긴장과 골치 아픔을 술로 풀곤 했습니다. 이질적인 학우들과 교수가 함께 어울려 각자의 일과 삶과 수업에서 논의됐던 주제를 안주 삼아 마시는 재미가 솔찬했지요.

박 선생님은 그 술자리에서 늘 학생들의 중심이었습니다. 나이가 제일 많기도 하거니와 도무지 주제를 가리지도 않고 여과되지도 않은 채 직설적이고 싱겁게 내뱉는 화술과 어눌한 말투에서 오는 재미가 사람들을 늦게까지 붙들어 두곤 했습니다. 물론, 누구보다 제가 제일 매료되었지요. 한편, 걱정이 앞서기도 했습니다. 젊은 학생들처럼 수업은 잘 따라와야 할 텐데…

이게 웬일입니까!

막상 기말이 되어 발표하고 제출한 과제물을 보니, 그 어느 학생보다도 이론을 잘 응용해서 체계적이고 실현 가능한 대안으로 과제를 수행하였습니다. 이 예기치 못했던 기쁨은 다음 학기 수업에서도 똑같이 이어졌고요. 그때 생각했습니다. 아마 이분은 공직 생활도 모든 이들에겐 온화하고 스스로에겐 치열했으리라(待人春風 持己秋霜). 그러기에 굳이 쉬운 졸업의 방법을 뒤로하고 어렵게 논문까지 썼겠지요. 나이 어린 교수의 마음에 나이 많은 제자가 형으로, 친구로 다가오는 계기였습니다. 기왕에 제 마음속에서 박 선생님과의 관계가 이렇게 설정되었기에, 이제 박 선생님이 제 수업을 듣지 않는 학년이 되었어도 졸업할 때까지 우리의 취중 방담은 쭈욱 이어졌습니다.

어느 때인가, 선생님께서 저 남도 끄트머리에 있는 고향을 방문하신 소회를 글로 적어 제게 보내셨습니다. 이후에도 몇 차례 비슷한 글들을 받곤 했습니다. 그 글이라는 것이, 지천명을 넘은 나이에서 오는 삶에 대한 관조와 사람과 사물을 보는 따뜻함에 더해 예외 없이 촌철살인의 메시지로 여운을 남겼습니다. 저는 어느 술자리에서 선생님께 권했습니다. "말단에서 시작해서 수십 년에 걸친 공직 생활의 소회를 글로 한번 써보시지요. 공부를 잘 하고, 입신양명한 사람들의 이야기는 차고 넘치지만, 실무 공무 원으로서 대민 업무만 수십 년 해오신 선생님의 경험이 오히려 많은 젊은이에게 귀감이 되고, 현직에 있는 후배들께는 좋은 지 침이 될 것 같습니다." 내친김에 우리는 아예 제목까지 정했지요. '수고했어, 박 동장'

기대를 크게 했던 것은 아닙니다. 저 스스로가 젊은 시절에 썼 던 학위논문이나 연구논문 말고는 별다른 책을 낼 엄두조차 내지 못했고, 글쓰기의 어려움과 이를 또 출판하는 어려움을 익히 알 기에, 그저 덕담 반 권유 반인 제안이었습니다. 또 아무래도 선생 님께서 학교를 졸업하신 후에는 뜸하게 뵙는지라 제 기억 속에서 책에 대한 단상은 점점 흐려지고 있었지요.

그런데 어느 날, 마침내 탈고했다며 '수고했어, 박 동장' 초록을 제게 보내시며 리뷰를 부탁하셨을 때, 저는 또 '한 방' 먹는 기분 이었습니다. 단숨에 읽고 나니, 이 책은 공무원 입문서로서의 그 훌륭한 역할 이외에도 목표와 뜻을 지니며 성실하게 살아온 한 인간의 자기 기록이기도 했습니다. 시대의 문제나 거대 담론을 일부러 부각하지 않았음에도 공직자이자 그 자신이 주민이고 가장으로서 묵묵히 수행해 왔던 일들을 너무나 담담하고 따뜻한 필체로 이어나가다 보니, 어느새 서사가 되어 있었습니다. 선생님의 시대가, 젊은 시절부터 지금껏 놓여왔던 역사적 공간에서 개인으로서 그리고 사회 구성원으로서 겪었던 애환이 오롯이 담겨 있는 것입니다.

　박 선생님은 책의 개정판을 내시면서 마지막으로 제게 또 '한 방'을 먹였습니다. 책의 '추천사'를 써달라는 것이었습니다. 이 책을 둘러싼 우리의 인연과 그간의 정리로는 마땅히 그리해야 하고, 또 영광스러운 일이지만 저는 부득불 고사했습니다. 누구보다 사람 좋은 선생님의 주변에 계신 많은 고매하고 훌륭한 분들을 제가 익히 알고 있기 때문이지요. 그러나, 거듭된 선생님의 청을 뿌리치는 것도 제 마음을 편치 않게 했을뿐더러, '결자해지'라 스스로 위로하며 졸필을 더하게 되었습니다. 아무쪼록 저의 추천의 글이, 그 내용에 있어 깊고, 그 대상에 있어 넓고, 그 문장에 있어 유려한 선생님의 책에 옥에 티가 되지 않기를 바랄 뿐입니다.

선생님과 함께 공부하고 술 마셨던 최용석

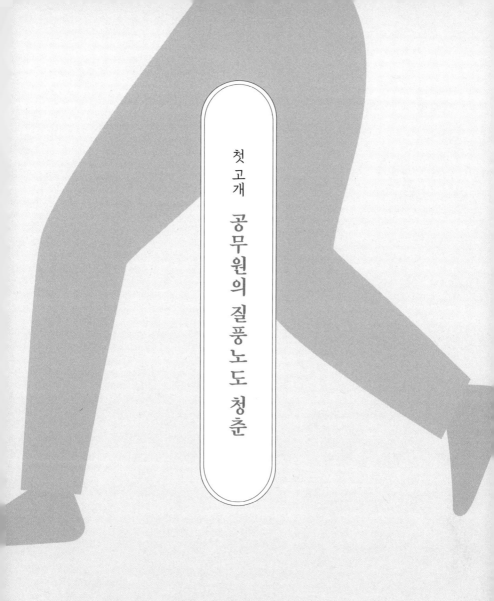

첫 고개

공무원의 질풍노도 청춘

"공무원이 되시면 어떤 자세로 근무하실 겁니까?"

"퍼블릭 서번트, 그러니까 '시민의 종'이라는 자세로 열심히 봉사하겠습니다."

나는 질문이 떨어지자마자 대답했다. 영어를 섞는 것이 있어 보일 것이라는 어설픈 생각을 했다. 그러자 면접관은 다소 걱정스러운 표정으로 다시 물었다.

"시민의 종이라는 생각만으로 공무 수행을 잘할 수 있겠습니까?"

시민의 종이 되겠다고요?

나는 인문계 고등학교를 졸업하고 군 복무를 마친 뒤, 특별한 기술이 없어 공무원 시험을 준비했다. 1987년 11월, 서울특별시 지방행정직 9급 공개 채용 필기시험에 합격했다.

당시 서울은 인구 증가와 도시 확장에 따른 행정 수요를 충족시키고자 기존 20개 구에서 5개 구를 분리·신설하여 지금의 25개 구가 되었다. 서울시에서는 신설된 5개 구에 필요한 행정 인력을 충원하기 위해 1,200명의 대규모 신규 공무원을 모집했다.

요즘은 공무원 되기가 무척 어렵지만, 그때는 경쟁률이 그다지 치열하지 않았다. 호경기라 직장 잡기가 쉬웠으며, 공무원 선호도가 지금처럼 높지 않았다. 공무원 시험 응시 자격에 나이와 지역 제한을 둔 이유도 있었다. 9급 공무원 제한 나이는 국가직 28세,

25

서울시 33세였다. 군필자는 5퍼센트 가산점이 있어 군필 남성들에게 유리했다. 내가 응시한 서울시 9급 행정직 경쟁률은 10대1 정도였다. 나중에 안 사실인데, 영어와 수학 과락을 빼고 나니 합격자가 모집 정원에 약간 못 미쳤다.

1988년 1월이 되자 서울시에서 면접시험에 응하라는 연락이 왔다. 그 시절의 면접은 통과의례에 불과해서 특별한 경우를 제외하고는 면접에서 낙방하는 사람이 없었다. 별 부담은 갖지 않았지만, 나름대로 면접에 대비했다. 면접관이 공무원을 지원하게 된 동기는 꼭 물어볼 것 같아 근사한 말을 생각해 두었다. 역시 면접관이 예상했던 질문을 던졌다.

"공무원이 되시면 어떤 자세로 근무하실 겁니까?"

"퍼블릭 서번트public servant, 그러니까 '시민의 종'이라는 자세로 열심히 봉사하겠습니다."

나는 질문이 떨어지자마자 대답했다. 영어를 섞는 것이 있어 보일 것이라는 어설픈 생각을 했다. 그러자 면접관은 다소 걱정스러운 표정으로 다시 물었다.

"시민의 종이라는 생각만으로 공무 수행을 잘할 수 있겠습니까?"

순간, '종'이라는 단어가 면접관의 귀에 거슬렸다는 느낌을 받았다. 나는 면접관이 재차 질문한 의도를 바로 알아차리고 다시 대답했다.

"예, 공무원으로서 자부심도 가져야 되겠습니다."

지금 돌아보면, 말이 어눌한 내가 어떻게 그런 순발력을 발휘했는지 모르겠다. 답변을 듣고 난 면접관은 얼굴이 밝아지며 "열심히 하세요." 하고 면접을 끝냈다.

한국 사회는 1987년 6·29선언 후 민주화라는 도도한 물결에 밀려 형식적 민주주의는 진행되고 있었다. 그러나 권위주의와 관료주의가 사회 저변에 깔려 있었고, 공직사회는 경직되어 있었다. 선배들 말에 의하면 슬리퍼 끌고 동사무소에 일 보러 오는 주민에게 관공서에 어떻게 그런 건방진 차림으로 오느냐고 야단친 적도 있었다고 한다. 국가는 국민을 계몽의 대상으로 여겼고, 공무원은 국가 발전에 앞장서서 국민을 이끌고 있다는 우월의식이 있었다. 그런 시대에 공무원이 국민의 종이라는 말은 부합하지 않았다. 그것은 민주주의가 발달한 선진국에서나 들을 수 있는 요원한 말이었다. 면접관은 잘난 척하는 공무원 지원자를 점잖게 타일렀던 것이다. 나는 무사히 면접시험을 통과했다.

공부 안 하면 노숙자 된다

1988년 5월 18일, 서울특별시 지방행정 9급, 서기보 시보에 임용되어 중랑구청에 발령받았다. 구청에서 다시 망우2동사무소에 배치되어 서울시 공무원으로서 업무를 시작했다. 중랑구에는 동기 60여 명이 구청과 동사무소에 배치되었다. 동사무소에 근무하는 동기들은 구청이나 시청에 근무하는 동기들을 부러워했다. 당시에 상급 기관 공무원들은 하급 기관 공무원들을 한 수 아래로 보는 경향이 있었다. 주민들은 그런 의식이 더 강했다. 동사무소 직원에게는 중매도 안 들어온다는 소문이 있어 구청 근무를 원하는 동기도 있었다.

1988년 가을, 우리나라에서 하계 올림픽이 개최되어 세계의 이목이 개최지인 서울에 집중되었다. 서울특별시에서는 외국 손님들을 맞이하기 위해 대대적으로 환경개선 사업을 벌였다. 내가 근무하는 망우2동사무소는 망우로, 봉오재길, 상봉터미널길, 용마산길 등 사면이 간선도로에 인접해 있어 다른 동보다 할 일이 많았다. 더군다나 망우로는 정동진에서 출발하는 올림픽 성화가 지나갈 성화 봉송로였다. 성화 봉송 장면이 전 세계에 생중계되기 때문에 더 신경 쓰였다. 우리는 큰길가의 담장, 상가 출입문, 불량 간판 등 카메라 앵글에 잡히는 모든 주변 환경을 정비해야 했다.

원칙적으로 건물주나 상가 주인들이 자발적으로 정비하는 것이 바람직하지만, 도시 미관에 대한 의식도, 설득할 시간도 없었다. 기관마다 관할구역을 책임지고 정비하라는 지시가 내려왔다. 당시 공무원 조직문화는 상명하복의 군대문화와 비슷했다. 하위직 공무원들의 고충을 대변해 줄 노동조합도 없었고, 야간 근무를 해도 지금처럼 초과근무수당이 없었다. 그저 시키는 대로 군소리 없이 따라야 했다. 구청에서는 올림픽이 코앞에 다가왔기 때문에, 정비 실적을 매일 보고받으며 닦달했다.

우리는 오후 6시에 업무가 끝나면 먼저 저녁 식사를 했다. 잠시 휴식을 취한 뒤, 작업복으로 갈아입고 환경 정비를 나갔다. 작업은 상가 상인들의 영업 불편을 최소화하고자 저녁 8시경부터 시작했다. 다른 사람들은 퇴근하고 집에 갈 때, 우리는 막노동을 시작했던 것이다.

페인트칠을 하려면 우선 커다란 고무 통에 페인트 원액을 붓고 휘발성이 강한 시너를 적당한 비율로 섞어야 한다. 시너를 적게 넣으면 페인트가 뻑뻑해서 작업이 더뎌지고, 많이 넣으면 줄줄 흘러 제대로 칠할 수 없다. 경험 있는 선배가 혼합 작업을 도맡았다. 작업 준비가 끝나면 페인트 통, 롤러, 붓 등 작업 도구를 리어카에 실었다. 막내였던 나는 작업복에 리어카를 끌고 네온사인 번쩍이는 망우로 밤거리로 페인트칠 작업을 나갔다. 작업은 밤 11시가 넘도록 약 일주일간 계속되었다. 매일 반복되는 작업으로 작업복과 모자는 페인트 범벅이 되었고, 몸은 페인트와 시너 냄새에 절었다.

그러던 어느 날, 작업 시작한 지 두 시간쯤 지났나, 밤 10시경에 간식으로 순대에다 막걸리를 두어 잔씩 마셨다. 우리는 피곤하기도 하고 술기운도 돌아 길바닥에 주저앉아 담벼락에 기대 잠깐 졸고 있었다. 그때 아이의 손목을 잡고 바로 앞을 지나가는 아주머니의 목소리가 들렸다.

"애, 너 공부 열심히 안 하면 나중에 커서 저렇게 된다."

우리를 술 취한 노숙자로 본 것이다.

교통사고로 배운 것

    1988년 가을에 열린 서울올림픽은 세계 160개국에서 1만 3천여 명이 참가했다. 그때까지 역사상 최다 국가가 참가한 올림픽이었다. 정부에서는 서울올림픽을 6·25전쟁의 폐허를 딛고 한강의 기적을 이룬 서울의 발전상을 세계에 과시할 절호의 기회로 삼았다.

    서울시에서는 올림픽을 홍보하고 축제 분위기를 돋우려고 각 구에 대형 애드벌룬을 한 개씩 설치하게 했다. 중랑구는 망우로 동진석유 건물 옥상에 설치했다. 구에서는 애드벌룬 관리 담당을 지정하고 매일 이상 유무를 보고하게 했다. 망우2동에서는 나를 담당자로 지정했다. 나의 첫 일과는 애드벌룬 이상 유무 확인이었다. 출근하면 자전거를 타고 현장에 가서 애드벌룬이 적당한

높이에 있는지, 줄의 매단 상태가 문제없는지 확인하고 구에 보고했다.

　그날도 출근하자마자 자전거를 타고 망우사거리에서 보행로를 따라 현장으로 가고 있었다. 우림시장 북문 앞 도로를 통과하는데, 시내버스가 내 옆을 지나가나 싶더니, 무언가에 부딪혀 정신을 잃었다. 정신이 들어 눈을 떠보니 근처에 있던 재세병원이었다. 내가 탄 자전거가 승용차와 충돌하여 인도와 차도의 경계석에 꼬꾸라졌다고 했다. 그런데 머리가 어질어질하고 우측 이마가 혹처럼 부어오른 것 빼고는 부러진 곳도, 출혈도 없었다. 충돌 순간 정신을 잃어버려 몸이 경직되지 않았기 때문이라고 생각한다. 자전거는 바퀴가 완전히 망가져 못 쓰게 되었다.

　나중에 알고 보니 신내 지하차도에서 망우사거리로 좌회전해야 할 자동차가 우림시장 북문으로 직진하다가 북문 입구를 지나던 내 자전거를 들이받은 것이었다. 직진이 금지된 곳이었기에 명백히 신호 위반이었다. 동장님이 문병 와서 크게 다치지 않아 천만다행이라고 했다. 자동차 운전자는 자기 차도 아니고, 숙부 차를 운전했다고 한다. 사고 현장 바로 앞에 있는 페인트 가게 직원이 사고 상황을 목격했고 사실대로 진술해 준다고 했으니, 경찰이 잘 조치할 거라고 말했다.

　나는 둘째 형님에게 교통사고 사실을 알리고 병원에 누워 있었다. 저녁 무렵, 잠든 나를 누군가 흔들어 깨웠다. 제복을 입은 경찰관이었는데 교통사고 조사반이라고 했다. 사오십 대로 보이는 통통한 얼굴의 경찰관은 아무 설명 없이 사고 현장을 그린 종이를 내 앞으로 내밀며 손도장을 찍으라고 했다. 그런데 사고 현장 그림을 보니, 승용차가 직진이 아니라 좌회전을 크게 하다가 충돌한 것으로 되어 있었다. 나는 당시 머리가 맑지 못한 상태여서 직진을 하는 것과 좌회전을 크게 하는 것이 어떤 차이가 있는지 정확하게 이해하지 못했다. 사실과 다른 점을 따지지도 못하고 어떻게 대처해야 할지도 몰라 머뭇거렸다.

"지장 찍어."

경찰관이 위압적인 반말로 다그치며 인주를 들이밀었다. 내가 마지못해 엄지손가락에 인주를 묻히자, 내 손을 잡아끌더니 조서에 대고 눌렀다.

사고 조서에 손도장을 찍고 나서부터 상황이 달라졌다. 목격자 역시 좌회전을 크게 하다가 충돌했다는 운전자의 주장에 동조했다. 나중에 형님이 택시 운전하는 친구와 함께 병원에 왔다. 그동안의 정황을 설명하고 교통사고 조사 경찰관의 사고 조서에 도장을 찍었다고 하니, 형님 말씀이, 다 끝났다고 했다. 피해자가 사고 상황을 인정했기 때문에 피해자 조서를 뒤집기는 불가능하다고 했다. 지금처럼 CCTV가 있는 것도 아니고 목격자까지 동조했으니, 두말할 나위가 없었다. 사고를 낸 운전자는 내가 병원에 있는 동안은 물론 퇴원해서도 얼굴을 보지 못했고, 사과나 어떤 보상도 없었다.

2주 진단을 받고 사흘째 병원에 누워 있었다. 답답하기도 했지만, 사무실 일이 걱정되었다. 올림픽 준비에다, 내 업무까지 대신 처리할 동료에게 미안한 마음이 들었다. 동장도 웬만하면 나오라고 했다. 몸이 약간 뻐근할 뿐 특별히 불편한 데도 없고 해서 4일째 되던 날 퇴원하여 출근했다.

일상으로 돌아왔으나, 교통사고는 머릿속에서 지워지지 않았다. 출장 중 사고 현장을 지날 때마다 자동차에 받혀 꼬꾸라졌던 기억이 떠올랐다. 마치 내 자존심이 길가에 나뒹굴었다는 생각이 들어 비참한 기분마저 들었다. 만약 가해 자동차가 시장 입구로 직진을 안 했다면, 자전거를 타고 시장 입구를 지나는 나와 충돌할 수 없었다. 내 생각에는 가해 자동차가 직진하다가 나를 발견하고 급히 좌측으로 핸들을 돌리면서 자전거 뒷바퀴를 들이받았을 것으로 추정된다. 조서를 확인할 때 그 점을 지적하고 바로잡은 다음, 지장을 찍었어야 했다. 목격자 진술이 바뀐 것도 석연치 않았다.

사고 운전자의 숙부가 동네 유지라는 것을 나중에 알았다. 정신이 맑지 않은 상태에서 사고 조서에 도장을 찍게 한 경찰관의 얼굴이 어렴풋이 떠올랐다. 처리 과정에 어떤 내막이 있었는지, 목격자의 진술이 왜 바뀌었는지, 나로서는 진실을 알아낼 도리가 없었다. 공직자가 공무 수행 중에 신호 위반 차량으로 인사사고를 당했는데도, 운전자는 아무런 처벌을 받지 않았고 사과도 없었다. 공무원도 이러한데, 힘없는 서민들은 어떨까 하는 생각이 들었다.

교통사고를 당한 뒤 큰 교훈을 얻었다. 사고가 나면 피해자 조서를 받을 때 내용을 꼼꼼히 살펴보고, 사실과 다른 것이 있으면 이의를 제기하여 바로잡아야 한다. 가해자의 사회적 힘과 사고를 처리하는 공무원의 자세에 따라 진실이 얼마든지 뒤바뀔 수 있고, 은폐될 수 있음을 체험했다.

하나만 낳아 잘 기르자더니

나는 1988년 공무원에 임용되던 가을에 결혼했다. 사귀는 사람은 없었지만, 나이가 찼고 직장도 있었으므로 지인의 소개를 받았다. 결혼식에는 동네 단체장과 통장 들이 많이 참석했다. 부모님이 돌아가셨기 때문에 형님 내외분이 부모님 역할을 했다. 형수님들이 결혼식 음식을 장만하면서 경황 중에 실수로 부스터에 불이 붙는 등 시동생 장가보내느라 고생했다는 것을 퇴직하고 나서야 알았다.

신혼 생활은 휘경동 언덕의 200만 원 반지하 단칸방에서 시작했다. 그때 월급은 본봉과 수당 합쳐 20여만 원 정도였다. 결혼 다음 해인 1989년 9월 15일에 딸을 얻었다. 결혼 전부터 아이는 하나만 낳겠다고 생각했다. 자식 많고 가난한 농부의 자식으로 태어났기 때문에, 하나만 낳아서 잘 키우겠다는 마음을 품고 있었다. 한편으로 첫 아이가 아들일 경우에는 딸을 하나 더 낳을 생각이었다. 이유는 집안에 딸이 귀하기도 했지만, 나이 많은 누님이 나를 키우다시피 했으므로 누님과의 유대감이 여성성 선호에 영향을 끼쳤을 것이다.

어릴 때 봤던 친구 집은 사각기둥에 굵직한 서까래가 기와지붕을 떠받치고 있었고, 천장과 벽체에는 하얀 회가 발라져 있었다. 나는 어머니께 우리 집 기둥과 서까래는 왜 저렇게 가느다란지를 물었다. 부모님은 결혼해서 큰댁에 사시다가 아버지가 초가삼간 오두막집을 손수 지어 분가하셨다고 했다. 조부모님이 일찍 돌아가셔서 전혀 도움을 받지 못했다. 아버지는 집 짓는 데 쓸 목재를 큰댁의 산에서 베어 혼자 지게로 져서 나르셨다고 한다. 나는 가난을 일찍 받아들였다. 그러나 중학교 수학여행을 못 갔을 때 받은 상심은 컸다. 가난을 내 자식에게까지 물려주고 싶지 않았다.

당시 국가에서는 산아제한 정책을 적극적으로 추진하고 있었다. "아들딸 구별 말고 둘만 낳아 잘 기르자.", "잘 기른 딸 하나 열 아들 안 부럽다."라는 구호가 난무했다.

딸 낳은 지 3개월쯤 지나서 3박 4일간 예비군 동원훈련에 들어갔다. 보건소 직원들이 훈련장에 나와 정관수술을 권장하면서 수술을 받으면 훈련이 면제된다고 했다. 나는 좋은 기회라고 생각했다. 출산 계획을 실천하고, 훈련도 면제받으며, 국가정책에도 부응할 수 있으니 얼마나 좋은 일인가? 공무원 신분이니 더욱 국가정책에 따라야겠다는 생각으로 수술 대열에 섰다. 아내와 상의가 없었다는 것이 마음에 걸렸다.

집에 돌아와 아내에게 정관수술을 받았다고 말했다. 순간 아내의 표정이 굳어졌다. 왜 의논도 없이 했으며, 얼마나 자기를 무시하면 그랬냐, 애들은 자기 밥그릇 타고 난다, 아이가 둘은 되어야지 하나는 외롭다는 등의 질타가 쏟아졌다. 구구절절 옳은 말이었다. 나는 만약 나중에라도 원하지 않은 임신으로 낙태할 일이 생긴다면 도덕적으로 옳지 못하고 몸도 상하니 다 당신을 위해서 한 일이라고 둘러댔다.

돌이켜 보면 나는 독단적이고 성급했다. 가정의 중대사는 반드시 부부가 의논해서 신중하게 결정해야 한다. 필부의 가정사도 이런데, 나라의 장래가 걸린 국가정책은 더 언급할 필요가 없다. 우리나라에서 가장 성공한 정책이 산아제한 정책이라고 한다. 그러나 불과 한 세대 지나 인구 절벽을 걱정하게 될 상황이라면 장기적으로 봤을 때 성공한 정책이라고 말할 수 없을 것이다.

홧김에 사직서

망우2동사무소에서 받은 첫 보직은 사회 업무였다. 당시 나라에서는 생활이 어려운 주민, 속칭 영세민을 생활보호대상자로 정하여 보호했다. 그분들에게 동네 주변 청소 등의 취로사업을 맡기고 노임을 지급하는 것도 내 업무의 하나였다. 사회 업무는 일이 많고, 생활이 어려운 주민을 상대하기에 으레 신규 직원에게 맡겼다.

동사무소 직원은 열예닐곱 명으로 분위기는 좋았다. 동장은 별정직 5급 공무원으로, 퇴직 경찰이나 새마을지도자협의회장 등 관변단체 출신이 낙하산으로 임명되던 시절이었다. 육사 출신 대위나 소령이 예편해서 5급 사무관에 특채되기도 했다. 이를 두고 항간에서는 유신 사무관이니, 박사 위에 육사가 있다는 말이 돌았다. 동장 밑으로 행정직 6급이 한 명 있었는데 직위는 사무장이고 동 행정 업무를 총괄했다.

직원들 간 유대가 끈끈해 퇴근하면 삼삼오오 모여 회식했다. 술 한잔 들어가면 상사에 대한 뒷이야기가 빠지지 않았다. 성질이 괴팍한 사무장이 있었다. 감정 기복이 심하고, 직원들이 일하는 게 마음에 들지 않으면 민원인이 있건 없건 큰소리로 질책했다. 하루는 청소 담당 직원이 환경미화원들에게 급여를 주는데 사달이 났다. 구에서 예산을 통으로 배정했는데 여러 명에게 나눠 주다 보니 100원이 부족하여, 담당 직원이 부족한 금액을 자기 돈으로 관급경비 통장에 입금해서 딱 맞게 지급했던 것이다. 별안간 큰소리에 깜짝 놀라 뒤돌아보니, 사무장이 직원에게 욕설을 섞어가며 야단치고 있었다.

"네가 이러고도 공무원이냐 ××야! 당장 사표 쓰고 나가, ××야!"

경력 짧은 공무원이 국가 예산 회계 규칙을 잘 몰라서 저지른 어이없는 실수였다. 한참을 혼난 직원이 밖으로 나갔다. 나도 화장실에 가는 척하면서 따라 나가 둘이서 담배를 빼 물었다. 나와 비슷한 시기에 임용되어 친하게 지내온 직원이었다. 그 직원은 자기 실수에 대한 자책과 민원인까지 있는 사무실에서 망신당한 분노로 얼굴이 일그러져 있었다.

"노 형, 너무 마음에 두지 마. 성격이 저런 사람이니 이해하고 앞으로 잘하면 되지 뭐."

나는 그를 위로했다.

선거가 있던 시기였다. 언제부턴가 내가 결재받으러 들어갈 때마다 사무장이 사소한 것들을 트집 잡고 짜증을 냈다. 그러면서 슬그머니 책상 좌측 서랍을 반쯤 열어놓는 것이다. 무슨 의미인지 몰라 선배에게 조용히 물어보니, 서랍에 상납할 돈을 넣으라는 뜻이었다. 선거 때가 되면 취로 인부 예산이 필요 이상으로 많이 내려왔다. 예전에 지급된 서류를 들여다보니, 평소에 일하지 않았던 생활보호대상자들이 노임을 받은 것으로 도장이 찍혀 있었다. 사회 담당 직원 서랍에는 생보자들의 목도장을 모은 빨간 인주투성이가 된 주머니가 있었다. 사무장의 속내는 일하지 않은 사람을 일한 것으로 서류를 만들어 자기에게 상납해야 하는데 내가 안 하니 갈군 것이다.

나는 내막을 알고도 취로 노임 지급 건으로 결재를 올릴 때마다 열려 있는 책상 서랍을 짐짓 모른 체했다. 그날도 결재를 올리자 사무장은 예외 없이 짜증을 내며 말이 안 되는 것으로 트집을 잡았다. 나는 아무 말 없이 내 책상에 돌아와 사직서를 썼다.

"소직은 개인 사정으로 인하여 사직하고자 하오니, 허락하여 주시기 바랍니다."

사직서를 사무장 책상 위에 놓고, 뒤도 안 돌아보고 집에 와버렸다. 집에 오니 반지하 단칸방에 젖먹이 딸과 아내가 있었다. 한

가정을 부양해야 할 가장이 아무런 대책 없이 사표를 낸 것이다. 지금 생각해도 어이가 없고, 무책임한 가장이었다. 그런 객기가 어디서 나왔는지 모르겠다. 당시 내 머릿속에는 그런 사람 밑에서는 절대로 일할 수 없다는 생각뿐이었다. 사흘째 집에서 놀고 있는데 동장이 전화했다. 마치 손주 녀석의 투정을 받아주는 할아버지 같은 목소리였다.

"박 주사, 며칠 쉬었으면 이제 나오지."

반가웠지만 쑥스럽기도 했다. 나흘째 되던 날 출근했다. 사무장이 나를 보더니 반기며 말했다.

"박 주사는 진짜 양심적인 사람이다."

그 후로 내가 올린 결재 서류에 트집 잡는 일이 없어졌다.

정의롭지 못한 나라의 운명

　민주국가에서는 입법·사법·행정부가 서로 견제와 균형을 이루면서 나라가 운영된다. 입법부인 국회는 국가 운영에 필요한 법을 만든다. 행정부는 국회에서 만든 법에 근거하여 대통령 명령으로 시행령을 만든다. 법과 시행령을 합쳐서 '법령'이라고 한다. 정부의 각 부처 장관은 법령이 부처의 업무 영역에서 실제로 적용될 수 있도록 세부적인 기준을 정하는데, 이를 '부령' 또는 '시행규칙'이라고 한다. 이 모두를 통칭해서 '법규'라고 한다. 사법부는 법규에 위반되는 사안을 심판하고 제재함으로써 법규가 잘 지켜져 나라가 제대로 돌아가게 한다.

　법규는 컴퓨터가 운영 체계에 따라 유기적으로 구동되는 것처럼 어느 것 하나만 따로 분리해서 운용될 수 없다. 사람에 비유해서 법이 두뇌와 뼈대라면, 시행령은 근육·신경·혈관이고, 시행 규칙은 손발과 피부에 해당한다. 지방의회도 지역 특성에 맞는 법을 만들 수 있는데, 이를 '조례'라고 한다. 지방자치단체장도 행정 내부적으로 구민에게 영향을 미칠 수 있는 각종 지침이나 제도를 만들어 시행할 수 있다.

이처럼 법규가 제정되어 시행되기까지는 복잡한 절차와 긴 시간이 필요하다. 한국은 경제가 급속하게 성장함에 따라 사회 변화도 역동적이었다. 그러나 법규의 제정과 개정은 사회 변화를 따라가지 못했다. 더군다나 우리나라 법규의 문장들은 일본 식민 통치의 영향으로 일본식 한자어가 많아 국민이 이해하기 어려웠다.

한국은 군사독재를 거쳐 민주화가 이루어지면서 정부 권력을 잡은 집단이 주기적으로 바뀌게 되었다. 새로 들어선 정부는 국민의 지지를 받기 위해서 각종 법규나 제도를 국민 생활에 편리하게 고치려고 노력한다. 이런 시도는 정권 초기에 집중적으로 이루어진다. 국민을 위해서는 바람직하나 공무원들에게는 귀찮고 힘든 일이다.

일선 행정기관에서는 제도개선 업무 전담팀을 만들어 개선 과제를 내도록 직원들을 독려한다. 분기마다 발표회를 열어 우수 제안자를 표창하고 인센티브를 준다. 이런 팀은 말발이 먹히는 힘 있는 부서에 설치한다. 부서 책임자들은 분기별로 개선 과제를 제출하라고 독촉받는 것이 괴로웠다. 부서별 제출 실적을 공개하기 때문에, 실적이 저조하면 부서장에게 질책받는다. 실적을 올리려고 말이 안 되는 과제를 냈다가는 구청 담당에게 핀잔만 받게 된다.

1989년 겨울, 나이 드신 서무주임이 나를 불렀다.

"자네는 공무원 들어온 지 얼마 안 되었으니, 문제의식이 있을 거야. 업무를 보다가 주민 입장에서 볼 때, 불합리한 법규나 주민의 편의를 위해 고치는 게 좋겠다고 생각되는 제도가 있으면 글로 써서 내봐. 우리같이 나이 먹은 사람들은 너무 익숙해져서 문제점이 잘 보이지 않아."

직원들은 자기 업무를 처리하기도 바쁜데 머리를 짜내서 개선 과제를 내는 것을 싫어했다. 나는 새내기인 데다, 서무주임이 부탁하니 몇 번 제출했었다. 이번에도 내가 제출해야 했다.

제출한 과제가 1차 서면 심사를 통과했다. 2차 심의위원회에서는 제안자가 직접 발표해야 했다. 구청 담당자가 나에게 심의위원회에 참석하여 발표하라고 연락했다. 위원회에는 각 국장, 민간 위원, 관련 부서장 들이 참석했다. 과제의 내용은 주민등록법, 향토예비군법, 민방위기본법과 관련된 것이었다. 1989년 당시 주민등록법은 주민이 14일 이상 거주할 목적으로 이사할 경우, 전출지에서 주민등록 퇴거신고를 하고, 퇴거신고일로부터 14일 이내에 전입지에서 전입신고를 해야 한다고 규정되어 있었다. 해태(기한 경과)할 경우, 과태료를 물게 되어 있었다. 28일이 지나도 전입신고를 안 하면 주민등록표를 원 주소지로 반송하여 말소된다. 문제는 주민등록법에 향토예비군법과 민방위기본법이 연동된다는 점이었다. 만약 하루만 늦어도 예비군 편성 기피로 인한 향군법 위반으로 형사 고발되며, 민방위대 편성 기피로 과태료를 내야 했다.

그때는 한 세대에 형제가 민방위대원과 예비군으로 함께 편성되어 있는 가정이 많았다. 민방위대 편성 나이가 50세까지여서 아버지와 아들이 각각 민방위대원과 예비군인 경우도 있었다. 이사하는 와중에 깜빡 잊고 하루라도 늦게 신고할 경우, 세대주는 주민등록법 위반으로 과태료를 내야 하고, 아들은 향군법으로 고발되어 벌금형을 받아 전과자가 되고, 민방위기본법에 따라 과태료를 물어야 했다. 민원 창구에 근무하면서 그런 일을 당한 민원인이 세상에 한 가지 잘못을 이중삼중으로 처벌하는 법이 어디 있냐며 울부짖는 사례를 본 경험이 있었다. 내가 보기에도 너무 가혹하고, 중복 징벌이라 반드시 고쳐야 한다고 생각했다.

나는 대안으로, 전입신고 지연일 경우 세대주에게 전입신고 의무가 있으므로 자식들에게는 문책하지 말고 세대주에게만 주민등록법 위반 과태료를 부과하자는 개선 방안을 냈다. 발표가 끝나는 시점에 당시 국제 정세를 예로 들며 설명했다. 마침 그 시기에 동서 냉전체제가 해체되어 가고 있었다. 소련에서는 고르바초프가 집권하면서 1986년부터 페레스트로이카와 글라스노스트라는 개혁·개방 정책을 강력히 추진했다. 국제사회가 평화와 화해 분위기에 들어가고 있으므로 남성들에게 가혹한 법을 완화할 필요가 있다는 말로 발표를 마쳤다. 옆에 있던 동료 여직원이 낮은 소리로 잘했다며 엄지를 들어 보였다.

사회자가 주무과장인 민방위과장에게 검토 의견을 말하게 했다. 맞은편에 앉아 있던 민방위과장이 내게 레이저를 쏘면서 말했다.

"북괴가 호시탐탐 남침을 노리는 남북한 대치 상황에서 국민 안보의식을 강화해도 부족할 판에, 완화하자고 하는 발상에 문제가 있습니다. 이 건은 검토할 가치가 없습니다."

나는 얼음물을 맞은 듯 쪼그라들었다. 주무과장이 내 제안을 논리적으로 반박하는 것이 아니라 감정적으로 대하는 태도에 화도 났다. 특히 안보관에 문제가 있는 놈으로 취급하는 느낌이 들어 불쾌했다. 말단 서기보인 주제에 감히 간부들 앞에서 국제 정세까지 거론한 것이 건방져 보였을까? 지금까지도 그 과장의 날선 눈빛이 선하다. 신규 공무원의 제안이 다소 비현실적일지라도, 차분히 이해시키고 격려할 수는 없었을까? 제도개선 과제 발표회에서 면박당한 후, 다시는 과제를 내지 않겠다고 다짐했다.

진시황제의 진나라는 오늘의 중국이 있게 한 토대를 다졌는데, 건국 17년 만에 멸망했다. 진나라가 단기간에 멸망한 원인은 법이 지나치게 엄격하고 처벌이 가혹했다는 것이 이유 중 하나라고 한다. 진나라는 만리장성 축조 등 국가 노역에 참여할 인부를 제 날짜에 대지 못하면 사형이었다. 어떤 이유로든 일정이 지연되어 정해진 날짜에 도착하지 못하면 처형될 것이 두려워 반란에 가담하는 경우가 많았다고 한다. 진나라 때 패현의 정장이었던 유방은 국가 노역에 동원되는 죄수들의 인솔 책임을 맡았다. 인솔하면서 날이 갈수록 도망자가 많아지자 몇 명 남은 죄수들마저 풀어주고 자기도 반란에 가담했다. 후에 유방은 초나라 항우를 이기고 한나라의 고조가 되었다.

정의롭지 못한 나라에서 법이 엄격하면 힘없는 백성들은 견디기 어렵다. 그 와중에서도 힘 있는 사람들은 온갖 연줄을 동원해 빠져나간다. 법이 지나치게 가혹하면 백성들이 그것을 준수하기 힘들어 민심이 떠나고, 민심이 떠나면 나라가 망한다는 것이 역사적 교훈이다.

지금은 법이 개정되어 퇴거신고 자체가 없어지고 전입신고만 하면 된다. 민방위기본법도 개정을 거듭하여 민방위대원 편성 나이가 50세에서 45세로 낮아졌고, 현재는 40세까지다. 법은 물이 흐르는 것처럼, 시대와 사회 상황에 맞게 변해야 한다. 시대의 변화에 따라 제때에 법을 고치면 국민이 편할 것이요, 그렇지 못하면 국민이 불편할 것이다.

단 한 번의 위법행위

　　1991년, 동사무소 민원 창구에서 주민등록 업무를 담당할 때였다. 사십 대 중반의 여성이 찾아와 부들부들 떨면서 말했다. 청약 주택에 당첨되어 주민등록등본 등 관련 서류를 주택은행에 제출했더니, 남편이 세대주가 아니어서 무효라고 했다는 것이다. 그러니 남편이 세대주로 된 등본을 떼어달라고 했다. 전입신고를 제대로 했느냐고 물으니, 그렇다고 했다. 그러나 전입신고서를 찾아 확인해 보니 동거인으로 신고되어 있었다.

　　정부가 정책적으로 공급하는 공공개발주택에 입주하려면 가입 때부터 당첨될 때까지 무주택 세대주여야 한다. 청약 주택에 가입하고 아파트에 당첨되기까지는 오랜 세월이 필요했다. 그분은 몇 년을 기다린 끝에 당첨되어 입주할 날만 기다렸다. 그런데 제출 서류에 결격사유가 생긴 것이다. 자기가 쓴 신고서를 보더니 얼굴이 새파랗게 질렸다. 나는 안타까운 사정을 알고 어떻게든 도와주려 했으나, 14일이라는 이의신청 기간이 지나버려 구제할 방법이 없었다.

그 여성은 청약 아파트 잔금을 마련하기 위해 전셋집에서 나와 언니 집으로 임시로 거처를 옮겨놓고 입주할 날만 기다리고 있었다. 잠시 머물 예정이었으므로 아무 생각 없이 전입신고서에 형부를 세대주로 써버린 것이다. 주민등록표에는 남편을 포함한 전 가족이 형부의 동거인으로 되어 있었다. 민원인 중에는 세대주와 동거인의 개념을 모르는 사람이 많았다. 교육받지 못한 사회적 약자일수록 더욱 그랬다. 세대주가 동거인으로 바뀌면 권리에 변동이 생기는 문제가 발생하므로 담당 공무원이 잘 안내했더라면 예방할 수 있었던 실수였다.

그분의 실수는 엉뚱하게도 내게 불똥이 튀었다. 당시 공무원 근무제는 토요일은 오전만 근무하는 주 6일제였다. 그 주 토요일, 1시에 업무가 끝나자 직원들은 퇴근했다. 나는 사무실에서 남은 일을 처리하고 있었다. 건장한 사십 대 남자가 동사무소에 들어오더니 창구를 돌아 내 옆으로 다가왔다. 상급자인 민원주임이 옆에 있었다. 그는 대뜸 이야기 좀 하자고 했다. 무슨 이야기냐고 했더니, 다짜고짜 내 손목을 잡고 주민등록표 보관실로 끌고 갔다. 주민등록표 보관실은 주민들의 인감등록표와 주민등록표가 보관된 통제구역이다. 일반인은 물론 직원들도 함부로 들어갈 수 없는 곳이다. 나는 황당하게 끌려가면서 "이게 무슨 짓입니까?"라고 했더니, 아예 주민등록표 보관실 문을 닫고 완력으로 내 앞을 막아섰다.

"이번 일로 마누라가 앓아누워 버렸네. 나도 공무원이네. 좀 살려주소."

그는 나를 마치 자기 부하처럼 대했다. 그의 얼굴에는 봐주지 않으면 절대로 여기에서 내보내지 않겠다는 비장함이 엿보였다. 당황스러웠고 겁도 났다. 소란을 알고 민원주임이 주민등록실에 들어와 말했다.

"박 형, 해드려, 괜찮아."

너무 안타까워 어떻게든 해드려야 되겠다고 생각했다. 알겠다고 말하자, 짧은 감금이 풀렸다.

나는 그 남자에게 이의신청서 양식을 작성하게 하고, 14일 이내에 접수한 것으로 소인했다. 다행히 그날 이후로 이의신청 건이 없어서 중간에 끼워 넣을 필요가 없었다. 기간 내에 이의신청을 받은 것으로 처리하고, 주민등록표를 다시 작성했다. 공문서를 위조한 것이다. 법을 어긴 나는 감사 때 적발되어 징계를 받을까 두려웠다. 한편으로는 자신의 실수에 낙담하고 앓아누웠다는 주부를 생각하니, 위안이 되기도 했다.

그 일을 잊어버리고 며칠이 지났는데, 그 남자의 전화가 왔다.

고마워서 그러니 저녁이나 같이 먹자고 했다. 퇴근하고 동네 설렁탕집에 마주 앉았다. 자기는 법원직 공무원이라고 했다. 이런 저런 이야기를 하다가 탁자 밑으로 무엇인가를 내밀었다. 하얀 봉투였다.

"고마웠네, 거의 한 달 치 월급이네."

봉투 안을 슬쩍 들여다보니 10만 원권 수표 석 장이 들어 있었다. 나는 깜짝 놀랐다. 만나자고 할 때 어느 정도 짐작은 했지만, 그렇게 많을 줄은 몰랐다. 애당초 대가를 바라고 봐준 것이 아니어서, 밥 한 그릇 얻어먹는 것으로 족했다. 나는 봉투 안에서 수표 한 장만 꺼내고 두 장이 든 봉투를 탁자 밑으로 도로 밀었다. 한 장이면 직원들이랑 한잔하기 충분하다고 생각했다. 그는 아니라며 다시 들이밀었다. 한참을 밀고 당기다가 두 장만 받는 것으로 합의했다.

다음 날 출근하여 민원주임에게 사실을 말하고 한 장을 건넸다. 퇴근 후 직원들과 술자리를 마련했다. 내가 술 사는 이유를 말하지도 않았지만, 직원들도 묻지 않았다. 부적절하게 받은 돈이니, 1원도 집에 가져가지 않은 것으로 나의 잘못을 정당화했다. 당시 나의 공직자 윤리 의식은 거기까지였다. 그러나 공문서를 변조했고, 직무와 관련하여 대가성 사례비를 받은 죄는 무겁다. 31년 서울시 공무원 생활에서 단 한 번이었지만, 지금도 마음속에는 위법을 저질렀다는 오점이 주홍글씨처럼 박혀 있다. 지금은 주민등록이 전산화되어 그런 부정은 원천 봉쇄되었다. 공무원의 부정부패는 제도 보완으로 어느 정도 막을 수 있다.

한편 같은 남자로서, 그 남자의 기개가 부럽기도 했다. 아내의 실수를 탓하지 않고, 자기가 나서서 수습함으로써 신뢰를 얻고 가정을 지켰다. 그 남자는 국가의 녹을 먹는 공무원으로서는 옳지 못한 행위를 했지만, 능히 가정을 지킬 만한 남자라고 생각한다. 부인이 남편을 의지할 수 없다면 가정은 위태로워질 것이다. 사람이나 동물이나 막다른 골목에 처하면 극한 행동이 나온다는 것을 그 남자를 통해 실감했다.

이 글을 쓰는 동안 TV에서는 장관 지명 후 35일 만에 낙마한 조국 전 법무부 장관 가족 수사 관련 보도가 쏟아지고 있다. 검찰 수사팀이 아침 일찍 조 장관의 자택에 들이닥쳐 압수 수색을 했다. 놀란 부인이 남편에게 전화하여 긴박한 상황을 전하자, 조 장관은 현장에 있던 검사에게 불안해하는 자기 부인을 배려해서 신속하게 수색해 달라고 부탁했다고 한다. 이를 두고 야당은 수사 압력이니 장관을 파면하라고 하고, 여당은 응급실에 실려 갈 정도로 불안해하는 부인을 위한 한 가장의 인간적인 부탁이라고 주장했다. 국회에서 야당 의원들이 질책하자, 조 장관은 부인의 전화를 받자마자 바로 끊어버렸어야 했는데 그러지 못해 후회된다고 했다.

언론 보도를 접하고, 30년 전에 내가 당한 사건이 떠올랐다. 자기 부인의 실수를 수습하려고 관공서에 들어와 공무원을 감금하다시피 해서 뜻을 관철한 법원 공무원이 있는가 하면, 법무부 산하 공무원들이 법무부 수장 집에 들어와 압수 수색을 하는 상황에서 부인이 다급히 한 전화를 바로 끊지 못했다고 후회하는 법무부 장관이 있다.

세상 참 많이도 변했다.

이유 있는 지시 거부

　까칠한 사무장이 인사 발령으로 전출 가고, 소아마비로 다리를 많이 저는 분이 새 사무장으로 오셨다. 그분은 직원들을 동생이나 자식처럼 자상하게 대했다. 상급 기관의 지시가 옳지 않다고 판단될 경우, 소신을 절대 굽히지 않는 강단 있는 분이었다.

　당시 동사무소에는 숙직 근무가 있었다. 일과 후 직원 한 명이 청사 내 연탄으로 난방하는 숙직실에서 야간 당직 근무를 했다. 1990년 겨울, 서울시 어느 동사무소에서 직원이 숙직 근무를 하다가 연탄가스 중독으로 사망하는 사건이 발생했다. 서울시에서는 전 동사무소 숙직실 난방을 전기 난방으로 교체하라는 지시를 내렸다. 연탄 난방은 냄새도 나고 여러 가지로 불편했으므로 직원들은 좋아했다.

우리 동에서도 업자를 선정하여 시공에 들어갔다. 공사가 완공 단계에 이르렀을 때, 이번에는 공사를 완료한 동사무소에서 누전 사고로 숙직 공무원이 사망하는 사건이 일어났다. 구에서는 전기 공사를 즉시 중지하고 보류하라는 지시를 내렸다.

우리 동 사무장은 구의 지시를 거부했다. 이유는 세 가지였다. 첫째, 행정은 일관성이 있어야 한다. 둘째, 전기가 연탄보다 편하고 안전하다. 셋째, 공사가 완성 단계에 왔는데 취소되면 예산이 낭비되며 대안이 없다. 동장이 지시를 거부하는 사무장에게 한마디 했다.

"위에서 시키는 대로 하면 되지, 왜 골치 아프게 고집부립니까?"

사무장은 이에 아랑곳하지 않았다. 나에게 시공 관련 서류, 전기가 연탄보다 안전하다는 전문가 의견, 부실 공사 방지 대책을 작성하라고 지시했다. 다음 날, 나는 서류 보따리를 챙겨 사무장을 모시고 구청에 갔다. 국장실에 들어가신 사무장이 한참 만에 밝은 표정으로 나왔다.

"승낙받았어. 공사 계속해. 대책도 없이 공사만 중지하라고 하면 그런 행정이 어디 있어? 그런 지시라면 누구는 못 하겠나?"

시설 공사에서 안전사고는 부패 때문에 일어난다, 공사하면서 업자에게 돈 안 받고, 공사 대금 제대로 주고, 설계대로 시공하도록 엄격히 감독하면 품질 좋은 자재를 쓴다, 그러면 안전사고가 일어날 리 없다는 당신의 소신을 밝혔다고 했다.

사무장이 총대를 메고 국장을 논리적으로 설득함으로써 구청에서 각 동에 내려진 숙직실 전기난방공사 중지 지시는 철회되었다. 우리 동 숙직실 난방 공사는 예정된 날에 완료되었다. 떡 본 김에 제사 지낸다고, 도배까지 해서 숙직실 환경이 크게 개선되었다.

논리학에 '오도된 생생함에 의한 오류'라는 것이 있다. 예를 들어 버스보다 열차가 훨씬 더 안전한데도 언론에서 대형 열차사고를 본 사람이 놀란 나머지, 예매한 열차표를 취소하고 버스를 이용하는 경우를 말한다. 구청의 숙직실 전기난방공사 중지 지시가 여기에 해당할 것이다.

어려운 자에게 유리하게 적용하라

진달래꽃이 한창이던 어느 봄날 오후였다. 사무장이 나를 불렀다. 그 옆에는 화장기 없는 얼굴에 수심이 가득한 여성이 접의자에 앉아 있었다. 사무장은 나에게 그분을 따라 관외 출장을 다녀오라고 했다. 그분은 우리 동 주민인데, 남편이 거동 불능자여서 구리시 퇴계원의 친정집에 머물고 있다고 했다. 출장 임무는 남편의 인감개인신고印鑑改印申告를 받아 오는 것이었다.

인감개인신고란 이미 신고한 인감도장을 분실했거나 바꾸고 싶을 때, 본인이 동사무소에 와서 새 인감도장을 인감대장에 찍고 본인의 지문을 찍어 새로 등록하는 신고다. 그러므로 본인이 동사무소에 와야만 가능한 업무였다. 신고한 다음부터는 대리인에게 위임하여 본인의 인감을 발급받을 수 있다. 인감대장은 개인의 재산권과 관계되므로 엄격하게 관리하며, 원칙적으로 외부로 유출할 수 없다. 주민이 이사에 따른 전출입으로 이동할 때도, 동에서는 주민등록표와 인감대장은 우체국의 등기우편물 배송 직원과 일일이 확인한 후 이송한다.

이동하는 택시 안에서 아주머니가 안타까운 사연을 들려주었다. 남편은 아파트 신축 공사 현장에서 근무하는 건설회사 직원이었다. 아파트 공사 현장을 둘러보다가 위에서 떨어진 벽돌에 머리 뒤쪽을 맞았다. 두개골이 깨지고 뇌가 손상되었는데 간신히 목숨만 건졌다. 말도 못 하고 전신이 마비되어 대소변을 받아내야 했다. 아침에 멀쩡하게 출근했던 남편이 그렇게 되었을 때, 부인의 심정이 어땠을지 짐작이 갔다. 부인은 일 년을 넋 나간 사람처럼 보냈다고 한다. 나이에 비해 늙어 보이는 데에는 이유가 있었다. 일 년이 지나자 회사에서 보상금을 받아 가라고 해서 인감증명이 필요했다. 그런데 남편의 거처를 옮기는 와중에 인감도장을 잃어버렸다. 남편이 와서 개인신고를 해야 하는데 이런 상황인지라 사무장에게 사정을 털어놓고 도움을 청했다고 했다.

그분을 따라 남편이 있는 곳에 도착했다. 오래된 다세대주택에 들어가니 깡마른 한 남성이 침대 위에 누워 있었다. 백지장처럼 창백한 얼굴에 퀭한 눈만 말똥말똥했다. 나는 그분에게 출장 목적과 무엇을 할 것인지를 설명했다. 머리로 알아들을는지는 모르지만, 마치 경찰관이 미란다원칙을 말해주는 것처럼 귀에라도 알려주는 게 도리일 것 같았다. 주민등록증과 본인의 얼굴을 찬찬히 대조했다. 본인임을 확인한 뒤, 가져간 개인별 주민등록표 인감신고란에 그분의 우측 엄지 지문을 찍고 개인신고를 마쳤다.

사무장은 원칙주의자였지만, 곤경에 빠진 주민에게는 규정을 최대한 유리하게 적용하는 운용의 묘를 발휘하는 분이었다. 공무원이 민원인을 찾아가서 인감개인신고를 받지 말라는 규정은 없었다. 행정을 하면서 규정이 모호하거나 해당 규정이 없을 때, 이해관계자가 없는 한, 민원인에게 유리하게 적용해야 한다는 것을 배웠다.

주민등록 전산화 혁명

주민등록이란 국가가 국민의 거주와 이동 상태를 파악하여 행정사무를 적절하게 처리할 목적으로 주민에게 거주와 이동을 의무적으로 신고하게 하는 제도이다. 1962년 5월에 주민등록법이 시행되었다. 우리나라 국민은 읍·면·동에 주민등록을 해야 한다. 주민의 신고에 따라 동사무소에서는 주민등록표를 작성한다. 주민등록표는 세대원 전체를 함께 기재하는 세대별 주민등록표와 개별로 작성하는 개인별 주민등록표로 구분된다. 세대원 전체가 나오게 발급하는 것을 주민등록등본, 개인만 나오게 하는 것을 주민등록초본이라고 한다.

동사무소에서는 주민이 이사할 때마다 주소 이력을 기재한다. 주민등록등·초본을 발급할 때는 양식 틀에 주민등록표를 끼워

신청 매수만큼 복사해서 사본에 동장 직인을 찍어야 했다. 평소 주민등록표는 통·반별, 생년월일별로 정렬해서 보관함에 놓는다. 그런데 등·초본을 발급하거나 전·출입 신고를 처리할 때, 담당자가 주민등록표를 잘못 끼워놓아 제자리에 없는 경우가 종종 있었다. 민원인은 바빠서 발을 동동 구르는데 주민등록표를 못 찾을 때 난감했다. 그럴 때는 다른 직원들까지 동원되어 구간을 정해놓고 주민등록표 보관함 전체를 수색한다. 정말 엉뚱한 곳에서 발견되는 때가 있었다. 인간의 일 처리는 신뢰할 수 없는 경우가 적지 않다.

서울시에서 1989년 4월부터 주민등록 전산화를 추진했다. 나는 담당자로서, 서울시 인재개발원에서 전산화 시스템 운영 교육을 받았다. 입력 지침에 따라 주민등록표가 최초 작성된 1978년 9월 개인별 주민등록표에 기재된 최종 주소를 기준으로 데이터를 입력했다. 입력 작업을 위해 아르바이트 두 명을 채용하여 교육하고 감독했다. 작업이 시작된 지 2년 만인 1990년 말에 입력을 완료했다. 그러나 주민등록에 관련된 각종 증명서 전산 발급은 바로 시행되지 않았다. 1991년부터 온라인 전산시스템 시험 운영을 시작했다.

주민등록 온라인 업무가 본격적으로 시작된 시기는 1994년 7월 1일부터였다. 이로써 주민이 전출·입할 때나 등·초본 발급 시, 주민등록표를 찾는 데 들어가는 시간 낭비와 복사하는 불편함이 사라졌다. 전국이 온라인화되어 주민이 주민등록등·초본을 발급받으러 주소지 동사무소에 갈 필요도 없어졌다. 주민등록 업무의 혁명이었다. '주민등록 전산화'라는 국가 프로젝트가 완성되자, 관련 업무를 담당한 공무원들을 포상했다. 나는 담당자로서 실적을 인정받아 1991년 6월 30일 서울특별시장상을 받았다. 1993년 9월 15일, 서울시 9급 공무원으로 임용된 지 5년 만에 8급으로 승진했다.

마을문고 회장이 시의원이 되기까지

1993년, 승진과 함께 묵1동사무소로 발령 났다. 묵1동은 중랑구 안에서 주민들의 경제생활 수준이 높은 편이었다. 직능단체가 잘 운영되었고, 주민들의 동 행정 참여가 활발했다. 한편 묵1동엔 1960~1970년대 새마을운동이 한창일 때, 평수 넓은 단독주택들이 들어선 지역이 있었다. 가까운 태릉에 육군사관학교가 있어서 직업군인들이 많이 살았기 때문에 그 지역을 '화랑마을'이라고 불렀다.

그 무렵, 정부에서는 '국민독서장려운동'을 펼쳤다. 구청에서는 구민을 대상으로 책 읽기 캠페인을 벌였고, 각 동사무소에 작은 도서관인 마을문고를 설치하도록 지시했다. 동사무소에는 주민들로 구성된 15~20개의 봉사단체가 있었다. 관에서는 직능단체라고 하지만, 비판적인 시각에서는 관변단체라고도 했다. 동장은 동 단위 사업이나 행사를 개최할 때 단체장들과 의논하였고, 단체장들은 동네 발전을 위한 일이라 적극적으로 협조하였다. 단체장들은 동네에서 영향력이 있었기 때문에 어떤 분들은 단체장이 되려고 애를 쓰기도 했다.

당시 동사무소에 마을문고가 설치된 동은 거의 없었다. 묵1동은 동사무소 2층에 30제곱미터 정도의 공간을 할애하여 마을문고를 설치했다. 책은 구 예산으로 샀고, 일부는 주민들로부터 기증받아 서가를 채웠다. 동사무소에 마을문고가 설치되자, 문고에서 자원봉사를 할 회원을 확보하고 회장을 선정해야 했다. 회원은 공개 모집하고, 부족한 인원은 추천받아 채웠다. 새로 구성된 단체라 생소해서 그런지 회장을 하겠다고 나서는 분이 없었다. 할 수 없이 동장이 단체장 회의를 열어 문고 회장을 추대하기로 했다. 단체장 회의에서 "돈은 많은데, 구두쇠로 소문난 김 사장을 회장 시켜서 돈 좀 쓰게 하자."라는 의견에 모두가 동의했다. 다행히 김 사장이 수락했다. 단체장들은 동네를 위해 봉사한다는 자부심이 있었다. 단체장을 하려면 시간과 비용이 들어가므로 봉사 의지가 요구되었기에 공무원들도 동네를 위해 봉사하는 단체장들을 예우했다.

동사무소에 작지만 번듯한 도서관이 설치되고 주관하는 단체가 구성되자, 마을문고 개관식을 열었다. 집 가까운 곳에 도서관이 생기니, 아이들은 물론 엄마들도 많이 이용했다. 나는 개소식을 겸한 회장 취임식을 준비하고 회장이 낭독할 취임사를 작성했다. 취임사에서 학문은 거슬러 올라가는 배와 같아서 앞으로 나아가지 않으면 뒤로 밀려난다는 공자 말씀을 넣어 독서의 중요성을 강조했다. 회장님은 인용 맥락을 제대로 소화해 읽지는 못했지만, 개회식은 전반적으로 잘 끝났다.

김 회장은 개인 사업에만 전념하다가, 묵1동 새마을문고 초대 회장을 맡음으로써 동네 봉사단체에 첫발을 들여놓았다. 마을문고 일에도 의욕적이었지만, 동네 직능단체장 역할에도 충실했다. 나는 회장의 전폭적인 지원으로 마을문고 업무를 추진했다. 초·중학교 학생들의 방학 때마다 독서경진대회를 열어 독후감을 잘 쓴 학생과 책을 많이 읽은 학생들에게 상장과 푸짐한 상품을 주고, 대회에 참가한 전체 학생들에게 도서상품권도 주었다. 동네 학생들의 참여도가 높았고, 학부모들의 반응도 좋았다. 동사무소에 가면 책을 볼 수 있다는 인식이 동네에 퍼지자 회장의 인지도가 높아졌다. 그래서인지 김 회장은 1995년 6월 13일 민선 1기 전국동시지방선거에서 구의원에 당선되었다. 그 후 연속으로 구의원에 당선되었고, 나중에는 구의회 의장까지 지냈다.

그는 전라도 강진에서 어릴 때 서울에 와서 제대로 잠도 못 자고 코피 쏟아가며 일했다고 한다. 사는 집 1층에 세 들어 슈퍼마켓을 연 젊은 부부가 해가 뜨도록 가게 문을 안 여는 것을 두고 김 회장은 혀를 끌끌 찼다.

"저렇게 일해갖고 밥 먹고 살겠어요?"

김 회장은 다른 단체장들과 달리 나이 어린 직원에게도 반말하지 않았다.

몇 년 후, 내가 구청에 근무하게 되었을 때 김 회장은 구의회 의장이 되었다. 구의회 행사장에서 보니 그분의 언행이 많이 달라져 있었다. 말투에는 자신감과 여유가 있었고, 어휘 사용은 적확했다. 그동안 열심히 공부했다고 한다. 자리가 사람을 만든 게 아니라, 자리에 걸맞도록 노력했기에 발전했을 것이다.

『삼국지』에 이런 일화가 있다. 노숙은 여몽에게 용맹하기는 하나 무식하다는 말을 했다. 이에 자극받은 여몽은 열심히 공부했다. 어느 날 언행이 달라진 여몽을 보고 노숙이 놀라자, 여몽이 한마디 했다. 선비가 헤어지고 사흘 지나 다시 만나면 눈을 비비고 상대를 봐야 한다(士別三日 刮目相對). 사람은 노력하면 얼마든지 발전할 수 있다.

김 회장은 구의회 의장을 역임한 후, 시의원에까지 당선되었다. 자신의 의지와 무관하게 묵1동 새마을문고 회장으로 추대되어 동네 봉사를 시작해서 구의원을 두 번 하고, 의장을 거쳐 서울특별시 시의원까지 지냈다. 가난한 집 농촌 소년이 맨몸으로 상경하여 각고의 노력으로 재력에 명예까지 얻었으니 출세했다고 말할 수 있다.

기초의회 의원의 자질

　동사무소 직원들의 업무는 민원 창구 업무와 일반 업무로 나뉜다. 창구 담당 직원들은 주로 민원인들에게 주민등록등·초본, 인감증명 등 각종 증명서를 발급한다. 일반 직원들은 구청의 각 부서 업무를 분담한다. 나의 주된 업무는 직능단체를 관리하고, 행정 지원하는 일이었다. 그 외에도 두어 개의 통·반 업무를 담당했다. 동 조직은 주민 300세대 정도를 기준으로 통을 나눈다. 각 통장이 직원의 업무를 보조하며, 주민과 동사무소 간의 연결고리 역할을 한다. 당시는 주민에게 가는 각종 통지서, 고지서, 초청장 등을 동사무소 직원이 전달했다. 통장이 많이 도와주지만 중요한 건은 직원이 직접 전달했다.

　한번은 구의회 의장이 의회 행사에 동네 유력 인사들을 초청하는 초청장이 동사무소에 왔다. 구에서는 대상자에게 정중하게 전달하라고 지시했다. 내 담당 지역에 있는 지역 신문사 사장도 초청 대상이었다. 나는 초청장을 전달하려고 신문사에 갔으나, 사장이 부재중이라 그냥 돌아왔다. 두 번째 갔을 때도 부재중이라 사무실 직원에게 말하고서 초청장을 사장 책상 위에 놓고 왔다.

구의회 행사가 끝났는데, 동장이 나를 불렀다. 의장이 신문사 사장에게 초청장을 전달한 직원을 자기 개인 사무실로 보내라고 했단다. 초청장 전달에 문제가 생긴 것이다. 그럴 리가 없는데 무슨 일인지 종잡을 수 없었다. 전달에 문제가 생겼더라도 동장을 통해 해당 직원을 주의시키면 될 텐데, 직접 호출하는 이유가 뭘까? 구의회 제도가 처음 시작된 시절이라 의원 개개인의 자질과 품성에 편차가 컸다. 자신들의 업무 영역에 대한 인식이 명확하지 않았다. 의욕이 앞서 공무원 위에 군림하려 했으며, 공무원을 하대하는 경향이 있었다.

야단맞을 게 뻔해 가기 싫었으나, 동장도 가보라고 하니 안 갈 수 없었다. 나는 고민하다가 구의원인 마을문고 김 회장에게 사정을 이야기했다. 고맙게도 자기와 동행하자고 했다. 그분은 구의회 분과위원장이고 재력가여서 구의회에서 무시하지 못했다.

"안녕하십니까? 제가 담당 직원입니다."

"당신이 나를 신문사 사장에게 망신시킨 장본인이야?"

의장은 자초지종을 자세히 묻지도 않고 야단쳤다. 대꾸하면 더

혼날 것 같아 아무 말도 안 하고 죄송하다는 말만 했다. 옆에서 한참 듣고 있던 김 회장이 거들었다.

"이제 그만하시죠. 착실한 공무원입니다."

"앞으로 확실히 해!"

김 회장의 말에 겨우 의장이 수그러들었고, 의장실을 나올 수 있었다. 돌아오는 차 안에서 김 회장이 말했다.

"조금만 더 했으면 확 엎어불락 했어요. 별것도 아닌 것 갖고 말이야."

그 후에도 김 회장은 나를 신뢰하고 잘 대해주었다.

나는 동네에 돌아와 신문사 사장을 찾아가 억울하게 당한 것을 하소연했다. 그는 평소 잘 알고 지내는 사이라 격의 없었다. 나는 믿는 도끼에 발등이 찍혀 서운하다고 했다. 신문사 사장은 일부러 참석하지 않았다며 미안하다고 했다. 그는 얼마 전 구의원 선거에서 낙선해서인지 구의원들에게 미묘한 각을 세우고 있었다. 지역 신문사 사장은 구의원들에게 갑이었다. 이번 행사가 끝나고 의장이 자기에게 전화해서, 사장님이 참석했더라면 자리가 더 빛났을 것이라고 하기에, 그리 중요하면 행사 전에 전화하지 다 끝나고 하느냐고 핀잔을 주었단다. 게다가 초청장은 누가 사무실에 찍 던져놓고 가서 자기는 보지도 못했다고 말했단다. 의장은 신문사 사장에게 생색내려다가 도리어 핀잔을 맞자, 화풀이를 내게 한 것이다.

돌이켜 생각하면 의회 수장이 자기 기관의 부하도 아닌 동사무소의 8급 공무원을 개인 사무실로 불러 문책하는 것도 말이 안 되지만, 호출한다고 갔던 나도 순진했다. 그때 김 회장이 동행해 방어해 주지 않았더라면 어떤 험한 꼴을 당했을지 모른다.

지금 구의회는 회기가 거듭되면서 틀이 갖추어졌고, 구의원 개인들의 노력으로 자질도 많이 향상되었다. 나는 발군의 실력을 발휘하는 여성 구의원 한 분을 보았다. 2010년 예산결산위원회 때 겪은 일이다. 구청장이 각 사업에 맞추어 예산을 편성하면 구의회는 이를 심사한다. 그분은 초선이었는데도 한 민간단체에 지원하는 예산이 자기 위원회 소관 부서와 다른 위원회 소관 부서에서 똑같이 편성된 것을 잡아냈다. 부서장과의 질의응답에서 무슨 근거로 두 부서에서 한 단체를 지원하느냐며 이중 지원의 이유를 따져 물었다. 이는 구청 예산서 전체를 살펴보고 돈의 흐름을 비교 분석하지 않으면 알 수 없는 내용이다. 예산 사정이 좋았던 시절에 지역에서 영향력 있던 누군가의 입김과 생색으로 두 부서에서 예산을 편성하는 것이 관행적으로 내려왔다. 이렇듯 공무원 조직 내부에서는, 내용이 불합리하더라도 관행으로 굳어지면 스스로 바로잡기 어려운 경우들이 있다. 그 여성 구의원의 지적으로 불합리한 관행이 시정되었다.

2019년 중랑구 예산 규모는 6,675억 원이었다. 이 돈이 꼭 필요한 곳에 돌아가도록 잘 짜였는지, 제대로 쓰였는지를 심사하고 감사하는 역할을 구의원들이 하고 있다. 기초의회 의원들이 제대로 역할만 다한다면 예산 낭비가 줄어들고, 이익은 구민에게 돌아갈 것이다. 생선 가게 주인에게는 생선 지키는 고양이에 드는 비용이 아깝지 않을 것이다.

든든한 누님, 묵동 형님들

1994년 여름, 나와 띠동갑인 손위 여성 두 명, 그리고 나보다 한 살 많은 여성 한 명, 이렇게 세 사람을 만났다. 나와 또 한 사람은 삼십 대, 두 사람은 사십 대였다. 나는 묵1동사무소 근처 연립주택에 살았는데 같은 단지에 살던 주민들이다. 세 분은 전업주부여서 일과가 비슷해 실과 바늘처럼 함께 움직였다. 퇴근할 때면 단지 입구에 놓인 평상에 모여 있어, 오가는 길에 인사하다 보니 친해졌다. 나는 그분들을 '형님'이라고 불렀고, 그분들은 나를 '○○ 아빠'라고 딸 이름을 앞에 넣어 불렀다.

나는 그분들에게 동사무소 봉사단체 가입을 권유하여 '바르게 살기위원회'에 들어가도록 하였다. 위원장은 여성 회원 세 명이 한꺼번에 들어오자 매우 기뻐했다. 전업주부로 집에서 살림만 했지, 바깥 활동은 해본 적이 없는 형님들에게 봉사단체 활동은 새로운 경험이었다.

묵1동 '바르게살기위원회'는 위원장을 포함하여 회원이 서른 명이 넘었다. 위원장이 젊고 적극적이라 구청 산하 직능단체 중에서 가장 활성화된 단체로 인정받았다. 주 활동은 구청의 지침에 따라 아침에 기초질서 지키기 캠페인, 중랑천과 봉화산 자연보호 활동, 불우이웃돕기 사업 등 지역사회에서의 봉사활동이었다. 자체 사업으로 폐신문지를 수집하여 판매한 돈으로 정기적으로 복지시설에 성금을 전하고 음식을 만들어 대접하기도 했다. 그때는 파지가 값이 좋았고, 폐신문지는 불순물이 없다며 값을 더 쳐주었다. 매월 신문지를 수집하는 날에는, 나와 위원장이 트럭을 몰고 회원들 집을 돌았다. 회원들은 자기 집은 물론, 주변 주민들 폐신문까지 모아두었다가 묶어서 뭉치를 들고 나왔다. 매월 회의를 개최하여 활동 실적과 방향을 의논했다. 봄·가을에는 단합대회를 열어 회원 간 유대를 다졌다. 이런 노력으로 구에서 3년 연속 최우수 단체로 선정되었다. 몇 년 후 위원장은 구의원이 되었고, 구의회 의장까지 지냈다. 그러고 보니 내가 담당하면서 동고동락했던 단체장 두 분이 구의회 의장이 되었다. 그분들은 내가 어려울 때 도움을 청할 수 있는 든든한 배경이었다.

형님들에게 봉사활동은 생활의 활력이 되었다. 내성적이고 수줍어하던 형님들이 봉사단체에 가입하면서부터 분위기가 활발해

지자 가족들까지 좋아했다. 이런 계기를 마련해 준 내게 늘 고마워했다. 월례 회의가 끝나고 회원들과 식사한 다음에는, 우리끼리만 따로 노래방에 가기도 했다. 나는 음치에 박치지만 옛날 노래를 많이 알고 있었기 때문에 형님들과 잘 어울렸다.

내가 구청으로 발령 난 후에도 형님들은 몇 년 더 봉사하다가 10년을 채우고 단체를 탈퇴했다. 내가 묵1동을 떠난 후에도 서로 경조사를 챙기며 만남이 이어지고 있다. 그들은 내가 어려움에 처할 때마다 누님처럼 챙겨주었다. 정년퇴임식장에도 오셔서 축하해 주었다. 처음 만날 때는 사십 대 젊은 엄마였는데, 25년이 지나 백발의 칠십 대 할머니가 되었다. 그래도 인자한 미소는 그대로였고, 노년의 여유가 보였다.

나와 띠동갑인 두 형님의 남편은 직업군인이었다. 한 분은 이미 남편이 군에서 사고로 사망했고, 다른 한 분의 남편은 정년을 맞아 퇴직했다. 퇴직한 남편이 당뇨와 혈압으로 고생하다 목욕탕에서 쓰러져 응급실에 실려 간 적이 있었다. 어느 날 우리끼리 저녁 식사를 하는 중에 그분이 푸념하셨다. 전방 근무가 많아 결혼 초부터 거의 떨어져 살아서, 제대하면 오붓하게 함께 사는가 싶었다. 그런데 이제는 건강 때문에 마음을 졸이며 살게 생겼으니, 지지리도 남편 복 없는 년이라며 눈물을 흘렸다. 이 눈물 바람을 보고 있던 다른 형님이, 자신은 시퍼런 나이에 멀쩡한 남편이 군대에서 죽어 이날까지 청상과부로 살아도 그런 말 안 하는데, 속

없는 소리라며 나무랐다.

두 분은 친하게 지내면서도 톰과 제리처럼 티격태격하곤 했으나, 일정한 선을 넘지는 않았다. 같은 군인 가족으로서 서로 허물을 덮어주고, 의지하고, 동병상련하며 사시는 모습이 보기 좋았다. 이름난 각설이 춘삼이가 말했다. "털려 들면 털어서 먼지 안 나는 놈 없고, 덮으려 하면 세상에 못 덮을 허물이 없다." 누구를 좋아하거나 그와 함께하려면 그의 허물까지도 포용할 수 있어야 한다.

규정 없이 민원을 해결하는 내공

　동사무소 공무원들이 가장 싫어하는 업무가 노점상이나 무허가 건물 단속이다. 생활이 어려운 사람들의 생계와 직결되기 때문이다. 특히 무허가 건물을 강제로 철거할 때는 분위기가 험악해지고 욕도 많이 먹는다. 무허가 건물 철거에는 통 담당 직원들이 모두 동원되었다. 단속이 있는 날 저녁에는 대폿집에서 막걸리 한 사발로 심란해진 마음을 다스렸다.

　무허가 건물에는 두 종류가 있다. 국가에서 1982년을 기준으로 무허가 건물을 일제 조사했다. 그때까지 허가받지 않은 건물들을 모두 등록하고, 무허가 건축물 관리대장을 만들어 동사무소에서 관리했다. 이를 '기존 무허가 건물'이라고 한다. 이 건물은 등기는 안 되지만 지상권 등 재산권을 행사할 수 있었다. 일제 조사 이후 허가받지 않은 건물은 '무허가 건물'이다. 이는 단속 대상이라 자진 철거하지 않으면 강제 철거한다. 무허가 건물이 소규모이면 동사무소 직원들이 철거 장비를 들고 가서 부쉈다.

어느 날 무허가 건물에 전세 사는 주민이 집주인과 맺은 전세계약서를 들고 와서 무허가 건물 확인원 발급을 신청했다. 그러나 기존 무허가 건물이 아니어서 발급해 줄 수 없었다. 주민은 아파트 청약에 당첨되어 무주택자임을 증명하는 서류를 은행에 제출해야 했다. 건축 담당이 기존 무허가 건물이 아니라 증명서를 발급해 줄 수 없다고 설명해도 아랑곳하지 않고 소란을 피웠다.

사무실이 시끄러워지자 선배 공무원이 나섰다. 먼저 민원인을 진정시키고 사정을 자세히 들었다. 내용을 파악한 후, 건축 담당을 따로 불러 설명했다. 주민이 원하는 것은 현재 거주하는 무허가 집이 자기 소유가 아니라는 것을 동장이 확인해 주는 게 핵심이라면서 해결책을 냈다. 저분에게 민원 내용을 편지로 써서 동사무소에 보내게 해라, 동장은 국민의 청원에 답변해야 한다, 보낼 때는 귀하께서 현재 거주하는 주택은 귀하의 소유가 아니라는 사실은 확인할 수 있습니다, 다만 기존 무허가 건물이 아니므로 귀하께서 원하는 증명서는 발급할 수 없다는 내용으로 공문서를 작성하여 동장 직인을 찍어주면 된다고 했다. 건축 담당은 선배가 알려준 대로 했다. 민원인은 규정상 발급이 안 되는 무허가 건물 확인원 대신 현재 거주하는 집이 민원인 소유가 아니라는 내용의 공문서를 제출하여 무주택자임을 입증했다.

공무원들은 법과 규정에 따라 일하기 때문에 명확한 규정이 없는 일에는 부정적이거나 소극적이다. 특히 신규 직원들은 권한이 있어도 막상 행사하기를 주저하는 경향이 있다. 이럴 때 경험 많은 선배 공무원의 지도와 도움이 필요하다. 선배의 도움으로 규정에도 없는 민원을 해결함으로써 주민에게 신뢰를 받았다. 공무원이 어떤 자세로 일해야 하는지를 선배를 통해 배우게 되었다. 경험은 그냥 얻어지는 것이 아니다.

시골의 추억이 공무원을 돕다

　여름 장마철, 구청과 동사무소 공무원들의 업무 중 하나는 집중호우에 대비한 비상근무다. 기상청에서 호우주의보를 발령하면, 구청에서는 비상근무 명령을 내린다. 동사무소에서는 수해 취약 지역을 순찰한다. 특히 산 밑에 설치된 침사지를 확인하여 배수에 방해되는 물건을 제거하고, 인근 주민들에게 폭우에 대비하도록 안내한다. 문제가 되는 것은 짧은 시간에 대량으로 쏟아지는 게릴라성 폭우다. 강우 지역이 일부에 국한되기 때문에 기상청 예보도 틀릴 때가 많다.

　1995년 여름, 후덥지근한 오후였다. 맑은 하늘에 먹구름이 끼더니 소낙비가 내렸다. 빗줄기가 점점 굵어지더니 장대비가 한 시간가량 쏟아졌다. 태릉중학교 앞 도로에 빗물이 넘친다는 주민들의 신고가 접수되었다. 도로로 흐르던 물이 넘쳐 주변 지하상가가 침수됐다는 신고도 있었다.

현장에 가보니 도로에 빗물이 강물처럼 흐르고 있었다. 우리는 황급히 봉화산의 빗물이 합쳐지는 침사지로 달려갔다. 침사지는 깊이가 2미터가 넘었고 가로세로 2~3미터 정도인 콘크리트 암거가 설치되어 있었다. 여기에 모인 물이 배수구로 빠져나가야 하는데, 배수구가 막혀 넘친 흙탕물이 도로로 쏟아져 내리고 있었다. 평소에 배수구를 청소했으나 일시에 내린 폭우가 봉화산에 버려진 페트병·비닐 등 쓰레기들, 나뭇가지가 말라 떨어진 삭정이, 낙엽 등을 쓸어 내렸다. 이것들이 배수구 철망에 뒤엉켜 배수구가 전혀 제 기능을 하지 못하고 있었다. 동장과 직원들은 어쩔 줄을 몰라 당황했다.

나는 시골에서 큰비를 많이 접하고 살았다. 물의 흐름과 막힘의 원리를 알았고 어떻게 대처해야 할지를 직감했다. 어릴 적 시골 냇가에서 물놀이를 많이 했다. 큰비가 오고 나면 저수지에 구경 갔다. 저수지를 가득 채운 뻘건 황토물이 굉음을 내며 배수로에 떨어졌다. 세찬 물을 차고 거슬러 올라가는 물고기 떼를 보는 것도 재미있었다. 빗물은 들판의 수로를 따라 바다로 흘러갔다. 나는 친구들과 배수로 둑길을 따라 바닷가까지 가보았다. 황톳빛 흙탕물이 푸른 바닷물에 섞이는 지점을 경계로 물 색깔이 뚜렷하게 나뉘었다. 저수지에서 떨어질 때는 야생마처럼 날뛰던 빗물이 바다와 가까워질수록 점점 순해져 바다에 들어가자 순한 양이 되었다.

나는 운전하는 직원에게 동네에 있는 목재소에 가서 각목이라 불리는 장대를 가져오게 했다. 바짓가랑이를 걷어 올리고 조금의 망설임 없이 배수 암거 위로 올라가 장대로 배수구 철망 여기저기를 쑤셔댔다. 조그만 구멍이 생기자 물의 압력으로 구멍이 넓어져 오물과 함께 물이 빠지기 시작했다. 구멍이 뚫리자 급속히 물이 빠지면서 배수로는 금방 제 기능을 되찾았다.

그날 일과 후 동장이 회식 자리를 마련했다. 나를 부르더니 막걸리를 한 잔 따라 주며 수고했다고 했다. 직원들에게 고약하기로 소문난 동장이었다. 주로 감사 업무를 많이 했는데, 규정에 어긋난 일은 절대 그냥 넘어가지 않아, 별명이 독사였다. 동장일 때도 직원에게 엄했다. 그 양반에게 욕 안 먹은 직원이 거의 없었다. 업무 처리가 시원치 않으면 거침없이 육두문자가 나왔다. 그러나 사심은 없는 분이었다.

나는 그분과 근무하는 동안 한 번도 욕먹지 않았다. 아마도 긴박한 상황에서 당신이 현장을 적절히 지휘하지 못하고 있을 때, 약골인 내가 효과적으로 대처했던 것을 고맙게 생각했던 것 같다. 농촌의 대자연에서 뛰놀았던 시골 촌놈이 공무원 생활에 유리할 때도 있다.

구청의 홍보 담당으로 인정받다

묵1동에서 3년을 근무하고 1996년 8월 26일부로 중랑구청 문화공보실로 발령받았다. 문화 관련 행사와 구정 홍보를 주 업무로 하는 부서였다. 동사무소에 근무한 지 8년 만에 구청에서 근무하게 되었다. 서울의 자치구 인사행정은 지연이나 학연 등 인맥이 작용했다. 나 같은 고졸 학력에 전라도 출신은 구청의 주요 부서에 가기가 쉽지 않았다.

신규 공무원으로 망우동에서 주민등록 업무를 담당할 때였다. 주민등록증 발급 관계로 일주일에 한 번씩 총무과 동 행정계에 들어가서 그 주에 발급한 주민등록증을 접착했다. 하루는 동정 계장이 나를 불렀다.

"똑똑하게 생겼네. 어디 글씨 한번 써봐."

그때만 해도 공문서를 손 글씨로 작성했다. 문서 수발하는 사환이 쓰는 타자기가 있었지만, 직원들의 공문서 작성을 다 소화할 수 없었다. 직원들은 특별한 경우를 제외하고는 공문서를 자기 손으로 썼다.

"글씨도 잘 쓰네. 고향이 어디야?"

무안이라고 하면 어디인지 잘 모를 것 같아 확실하게 알아듣도록 대답했다.

"전라남도 목포입니다."

그 말을 듣는 순간, 계장의 표정이 굳어지며 아무 말이 없었다.

내가 구청에 오게 된 것은 아내의 친구가 구청장 비서실에 근무하는 직원과 동창이라 챙겨준 덕이다. 나는 문화공보실에서 구정 홍보 업무를 담당했다. 홍보 담당은 구청장이 펼치는 구 행정을 전반적으로 파악하고 이해해야 했다. 각 부서에서 홍보 자료를 보내면, 내용을 알기 쉽게 풀어 보도 자료를 만들어 서울시청 기자실에 제공하는 것이 주된 일이었다. 출근하면 그날 제공할 보도 자료를 작성해서 기획실장까지 결재를 받아 30부를 복사하여 시청 기자실에 배포했다.

한번은 기획실장이 내가 작성한 보도 자료를 유심히 읽어보고는 이해하기 쉽게 잘 쓴다며, 시청에서 근무하고 싶으면 보내주겠다고 했다. 나와 아무런 연고가 없었지만, 신경 써주어서 고마웠다. 홍보 업무는 새로운 일이고 적성에 맞아 흥미가 있었다. 내가 제공한 자료가 언론에 보도될 때는 신났다.

　어떤 날은 부구청장의 업무 지시가 다음 날 석간신문에 박스 기사로 보도되어, 계장이 나를 데리고 부구청장실에 갔다. 8급이 부구청장실에 들어갈 일은 거의 없다. 부구청장이 내게 일을 잘한다고 칭찬했다. 직원들이 자기 지시 사항을 신속히 이행하고, 그 내용이 다음 날 일간신문에 보도되었으니 기분이 좋았을 것이다. 기사는 새봄을 맞이하여 살수차가 도로 물청소를 하는 내용과 사진이었다. 시의적절했고 운도 따랐다. 그날은 큰 이슈가 없어서 우리 구 보도 자료가 기사 가치가 있다고 본 것이다. 아무리 좋은 자료라도 큰 사건이 터지면 다 묻히게 마련이다.

　홍보 담당으로 기자들과 접촉하면서 언론사의 보도 메커니즘을 이해하게 되었다. 개인적으로 아는 기자도 생겼다. 구청에 큰 행사가 있을 때는 구청장을 모시고 시청 기자실에 가서 기자 설명회를 열었다. 설명회가 끝나면 기자단과 시청 근처 식당에서 허심탄회하게 대화했다. 기자들은 공무원들의 직급에 개의치 않았다. 나로서는 감히 범접할 수 없는 구청장이나 국장들과의 대화에도 그들은 거침없었다. 오히려 직급 낮은 나에게 나이가 위라고 박 선배라며 편하게 대해주었다. 지위가 높은 사람에게 위축되지 않는 그들의 기개가 부러웠다.

　때때로 시청 출입 기자단의 개별 언론사 기자들과 저녁에 술자리가 있었다. 우리 구를 대표해서 과장과 계장이 참석하고 나는 실무자로 동석했다. 구청의 현안을 설명하고 협조를 부탁하는 자리였다. 덤으로 세상 돌아가는 이야기와 단편적으로나마 우리는 접할 수 없는 고급 정보들을 들을 수 있었다. 언론 기사는 중학교 정도 학력만 있으면 이해할 수 있도록 쉽게 써야 한다고 했다. 맞는 말이다. 국민이 읽어서 내용을 이해하지 못한다면, 아무리 좋은 기사를 쓴들 무슨 소용이 있겠는가?

당신은 매정한 아빠야

중랑구에서는 매년 가을에 정례적으로 구민 서예가훈쓰기 대회를 열었다. 문화 관련 행사이기 때문에 문화공보실에서 주관했다. 보통 구 행사의 준비 단계는 담당 팀에서 전담하지만, 행사 당일에는 부서 직원 전체가 달라붙어 자기에게 맡겨진 역할을 한다.

1996년 10월에도 혜원여자고등학교 체육관에서 대회를 개최했다. 관내 학생들 및 구민들을 대상으로 초등부, 중·고등부, 일반부 등 세 개 부문별로 입상자를 뽑았다. 진행 요원들은 체육관 바닥에 붓글씨를 쓸 수 있을 만큼 공간을 두고 참가자들을 입장시켰다. 참가자는 주관 부서에서 나눠 준 한지에 붓글씨를 쓰고서 작품을 그 자리에 두고 관중석에서 대기했다.

심사는 체육관 바닥에 놓인 작품들을 심사위원들이 돌아보면서 작품성이 떨어지는 작품부터 빼내는 네거티브 방식이었다. 심사위원 세 명이 마지막까지 남은 작품 중에서 부문별 대상, 최우수상, 우수상, 입선 등 입상 작품을 정했다. 나의 임무는 심사위원들을 따라다니면서 심사위원이 찍은 작품을 집어내는 일이었다. 참가자와 응원 나온 가족들이 관중석에서 심사 과정을 고스란히 지켜보고 있었다.

서예 학원에서 붓글씨를 배우던 초등학교 2학년 딸도 그 대회에 참가했다. 딸은 붓글씨를 다 쓰고 엄마와 함께 2층 관중석으로 갔다. 딸아이는 어린 마음에 아빠가 심사위원들과 같이 움직이고 있으니, 자기를 입상시켜 주리라고 기대했던 모양이다. 나는 전혀 그럴 생각이 없었다. 자기 능력이 아닌 아빠의 도움으로 입상한다면 불공정할 뿐만 아니라, 아이의 장래에 도움이 안 된다고 생각했다.

딸의 작품은 마지막에서 선정되지 못했다. 초등부 입상 작품은 최우수작 한 점, 우수작 두 점, 입선작 세 점 등 총 여섯 점이었다. 마지막까지 남은 작품은 여덟 점으로 두 점을 탈락시켜야 하는 상황이었고, 심사위원이 뽑는 순서대로 등급을 불렀다. 심사위원이 마지막 입선작으로 딸의 작품을 뽑아 들었다가 고개를 갸우뚱하더니 다시 제자리에 내려놓고는 다른 작품을 뽑아 들었다. 딸의 작품이 아슬아슬하게 탈락하는 순간이었다. 시상식이 끝나고 집에 돌아오자 집안 분위기가 싸늘했다. 아내가 작심한 듯 말을 꺼냈다.

"당신같이 매정한 아빠는 세상에 없을 거야."

딸아이는 아빠를 철석같이 믿고 있었는데 아무것도 도와주지 않아 떨어지자 서럽게 울었다고 했다. 특히 심사위원이 자기 작품을 들었다가 다시 내려놓을 때, 아빠가 바로 옆에 있으면서도 편들어 주지 않은 것을 원망했다고 한다. "아빠는 나만 미워해."

다음 날 출근해서 대회를 담당했던 선배에게 집에서 벌어졌던 일을 이야기했다. 선배가 질책하듯이 한마디 했다.

"야 이 사람아, 나한테 미리 말 좀 하지 그랬냐?"

시청이 구청에 화풀이하다

1997년 2월, '망우리역사문화공원'의 유명 인사 묘지 입구에 연보비年譜碑를 설치하고 제막식을 열었다. 그곳에는 애국지사 및 유명 인사 50여 분이 모셔져 있다. 그중 현대사에 큰 업적을 남긴 한용운, 방정환, 오세창, 지석영, 문명훤, 장덕수, 조봉암 등 일곱 분의 연보비를 먼저 설치했다. 공원 관리 기관은 서울시여서, 서울시 예산을 받아 중랑구에서 사업을 시행했다. 나는 우리 구 공원녹지과에서 자료를 받아 상세하게 보도 자료를 작성하여 시청 기자실에 배포했다.

행사 날은 2월이라 아직 겨울인데도 날씨가 포근해서 비가 억수같이 쏟아졌다. 중랑구청에서는 내빈들과 유족들의 이동 편의를 위해 구청 버스를 제공했다. 버스가 묘지 앞길을 돌며 연보비에 덮인 보를 열고 구청장이 간단한 추모사를 했다. 시청에서는 직원을 보내지도, 관심을 보이지도 않았다. 여러 언론사 기자들이 관심을 가지고 추가 자료를 요구했고, 현장에 취재 나온 기자도 있었다. 그러나 워낙 비가 많이 왔기 때문에 기사화되리라고는 기대하지 않았다.

그런데 대박이 났다. 행사가 당일 KBS TV 저녁 9시 뉴스를 비롯하여 다음 날 모든 일간신문에 박스 기사로 보도된 것이다. '애국지사', '추모', '겨울비' 등의 키워드가 연관되면서 사진과 이야기가 엮어진 것이다. 겨울비는 오히려 기사화에 촉매 역할을 했다. 모든 기사의 주어는 '중랑구청'이었다.

다음 날 오후 시청의 공원 관리부서 직원이 나에게 전화하여 격앙된 목소리로 항의했다.

"아니, 왜 시청 예산으로 다 했는데 중랑구청이 뜨냐고요?"

나는 보도 자료에 사업 예산은 시 예산임을 명확하게 밝혔다고 답했다. 연보비 제막식 건에 대한 그 많은 기사에서 서울시에 대해서는 단 한 마디도 없고 중랑구청만 나오니, 시의 높은 분들에게 해당 부서장이 질책을 당한 것이다. 과장에게 사실을 보고했더니 신경 쓸 것 없다고 했다.

"자기들은 보도 자료도 안 내고, 행사장에는 코빼기도 안 보여 놓고 딴소리하기는……."

사업 시행 기관에서 사업은 물론 홍보까지 잘했으면 수고했다

고 격려해 주는 게 마땅함에도, 중랑구만 떴다고 야단맞는 엉뚱
한 경우였다.

언론의 선한 힘은 진심으로부터

　나는 홍보 담당으로서 자리에 앉아 직원들이 나한테 가져다주는 자료에만 의존하지 않았다. 내용이 빈약하거나 기승전결 연결이 잘 안되어 있으면 직접 담당자를 찾아가 알아보고, 언론에서 관심 가질 만한 자료가 더 있는지 찾아봤다. 어느 날 궁금한 게 있어 사회복지과에 찾아갔는데 평소 열심히 일하던 직원이 부탁이 있다고 했다.

　"주임님, 꼭 도와주어야 할 아이들이 있는데 어떻게 방법을 찾아볼 수 없을까요?"

　내용을 들어봤다. 교통사고로 부모가 갑자기 사망한 중·고등학생 형제를 소년소녀가장으로 지정하여 지원하고 있었다. 그러나 나라에서 도와주는 것만으로는 부족했다. 경제적으로도 어렵지만, 졸지에 부모를 잃어 정신적 공황 상태에 빠진 아이들에게 는 무엇보다 심리적 안정이 중요했다. 그 직원은 이웃과 사회가 그들에게 관심을 가짐으로써 혼자가 아님을 인식시키는 게 필요 하다고 했다.

나는 사무실로 돌아와 어떻게 할지를 곰곰이 생각했다. 이 사 회에는 어려운 사람이 한두 명이 아닌데 그들을 도와달라고 매번 보도 자료를 낼 수는 없다. 생각 끝에 내가 알던 유력 일간지의 기자 한 분에게 부탁하기로 했다. 나는 사연을 적어 시청 기자실 로 갔다.

"기자님, 졸지에 부모를 잃은 아이들이 있습니다. 도와주세요."

그 기자는 내용을 찬찬히 읽어보더니 짧게 대답했다.

"어떻게든 소화해 보겠습니다."

다음 날 아침에 신문을 스크랩하다 보니, 내가 부탁했던 사연 이 그 신문 사회면 끝부분에 조그맣게 실려 있었다. 그로부터 며 칠이 지나 거의 잊고 있었는데, 사회복지과의 그 직원이 나를 찾 아왔다.

"주임님, 그 아이들을 도와주려면 어떻게 하면 되냐고 여기저 기서 연락들이 와 바빴습니다. 지금까지 답지한 성금만도 800만 원이 넘습니다."

유력 일간지의 위력을 실감하는 순간이었다. 역시 펜의 힘은 강하다는 것을 느꼈다. 아니 진심의 무게가 실린 펜의 힘이 강한 것이리라. 나는 부탁했던 해당 기자에게는 아무 말도 안 했다. 과장 명의로 감사 편지를 써서 그 신문사 편집국에 팩스만 보냈다.

"귀 신문사의 배려로 어려움에 빠졌던 소년소녀가장이 큰 용기를 얻었습니다. 깊이 감사드립니다."

먼저 사과했더니 이런 일이

홍보 담당이 출근해서 제일 먼저 하는 일은 우리나라의 모든 중앙 일간신문을 훑어보고 스크랩하는 것이다. 신문의 머리기사를 보고 우리 구와 관련 있는 내용을 오려서 보고서를 만든다. 그러나 독자 투고란까지는 신경 쓰지 않았다. 스크랩이 끝나면 복사해서 출근 전에 구청장을 비롯한 각 국장급 간부 책상 위에 올려놓아야 일과가 시작된다.

어느 날 점심 식사 후, 과장이 내게 한 신문의 독자 투고란을 보라고 했다. 읽어보니 우리 구립도서관을 이용한 주민이 도서관 직원에 대한 불만을 토로한 내용이었다. 사례가 구체적이었으며, 구청까지 싸잡아 비난했다. 나는 도서관의 해당 부서에 확인했다. 잘못이 크다면 감사팀에 조사 의뢰하여 책임을 묻고, 재발하지 않도록 조치해야 한다. 조직의 자정 기능이 제대로 작동되게 하기 위해서다.

사실을 알아보니 근본적인 문제는 없었다. 다만 직원과 투고한 주민 간 의사소통 중에 다소 오해가 있었다. 투고한 주민은 평소 도서관 운영에 비판적인 분이었다. 도서관장은 그 정도 일로 신문에까지 투고하는 그 사람이 나쁜 사람이라고 자기 직원을 감쌌다. 그러나 두둔만 한다고 해서 해결될 일이 아니었다. 해당 직원은 매우 난감해했다. 자기로 인해 문제가 야기되어 정말 죄송하다고 했다.

나는 진상을 파악한 뒤, 해명 편지를 써서 해당 신문사에 팩스로 보냈다. 현장에 나가 사실을 알아보니, 투고자가 충분히 화낼 만했다, 정중히 사과드린다, 해당 직원을 엄중히 문책해서 다시는 이런 일이 발생하지 않게 조치하겠다, 앞으로도 우리 구 발전을 위해서 계속 관심 가져주시기 바란다는 내용으로 공손하게 해명 자료를 썼다. 솔직하게 인정하고 재발 방지를 약속한 것이다. 다음 날 같은 신문 독자 투고란을 보니, 내가 보낸 해명 자료가 그대로 실렸다. 홍보 업무가 매력적으로 느껴질 때는 일한 결과가 다음 날 바로 신문 기사로 나타날 때이다. 같은 신문의 지면에 어제의 독자 투고와 같은 크기로 우리 구 기사가 실린 것이다.

그런데 이상한 일이 벌어졌다. 그날 오후에 과장이 여러 통의 전화를 받았다. 그 신문의 독자 투고란을 본 사람들의 전화였다.

잘못을 솔직하게 인정하고 사과한 중랑구청과 부서장이 멋있다는 칭찬과 격려였다.

관공서는 좀처럼 자기 잘못을 인정하지 않는다. 특히 권위주의적인 정부 시절에는 더 그랬다. 나는 시골에서 자랄 때 아이들끼리 싸우면, 어머니들이 자기 자식을 먼저 단속하고서야 다른 아이를 타이르는 것을 보고 자랐다. 그래야 설득력이 있는 것이다. 자기 자식은 집에 가서 다독거리면 된다. 도서관 직원에게 전화했다. 잘 해결되었으니 걱정하지 말고 근무 잘하라고 격려했다. 아울러 투고했던 주민이 오면 그전보다 더 친절하게 대하라고 당부했다. 나는 투고자도 과장에게 격려 전화를 했을 것으로 생각했다.

공무원과 기자 사이에는 불가근불가원不可近不可遠의 원칙이 있다고 한다. 나는 3년간 홍보 담당으로 기자들과 접촉하면서 그런 것을 의식하지 않았다. 우리 구는 서울에서 동쪽 끝에 있는 변방에다 재정 자립도도 낮은 가난한 지역이다. 기자들은 중랑구를 서울의 25개 자치구 중에서 어렵게 사는 막내처럼 여기고, 우리 구에 호의적이었다. 잘못이 있다면 솔직히 인정하고 사과하는 태도로 일했을 뿐이다. 문화공보실 홍보 담당 시절은 나의 공무원 생활 중 가장 역동적으로 일했던 시기였다.

울면서 밥 먹는 남자

1998년 1월 말, 서울에 강추위가 엄습하던 겨울밤이었다. 당직이라 구청 상황실에서 밤을 새워야 했다. 당직은 50일 정도에 한 번씩 돌아왔다. 당직 인원은 순찰차 기사 한 명, 당직사관(5급 사무관)을 포함한 직원 네 명, 이렇게 모두 다섯 명이었다.

당시 한국은 1997년 12월 3일 IMF로부터 자금을 지원받는 양해각서를 체결했다. 문민정부는 국가 유동성 위기가 오자, 경제의 기초가 튼튼해 위기가 아니라고 발표했다. 그러나 국가에서 보유한 달러는 40억 불에 불과했고, 1,500억 불의 부채를 갚지 못해 국가 부도 사태를 맞았다. 기업들은 도미노처럼 줄줄이 쓰러지고, 회사에서는 정리 해고와 명예퇴직으로 많은 국민이 일자리에서 쫓겨났다. 졸지에 파산한 사람들은 엄동설한 길거리에 나

않고, 지하철 역사에는 노숙자들이 날로 증가했다.

1998년 1월 22일, KBS 뉴스는 김대중 대통령 당선인이 한국을 방문한 짐 리치 미국 하원 금융재정위원장 일행을 일산 자택으로 불러 적극적으로 도움을 요청했다고 보도했다.

갑작스럽게 맞은 위기라 정부에서는 어려움에 빠진 국민을 어떻게 도와야 할지 미처 대비할 겨를도 없었다. 서울시에서는 각 구에 당직자들의 야간 순찰을 강화하여 노숙자들의 동사를 방지하라고 지시했다. 당직자들은 밤 10시와 12시에 터미널, 지하철 역사 등을 순찰했다.

내가 당직하던 날, 12시에 순찰하다가 상봉터미널 팔각정에 웅크리고 앉아 있는 남자를 발견했다. 집에 가라고 말하니 갈 데가 없다고 했다. 거기서 밤을 새우면 동사할 수 있어서 일단 순찰차에 태워 구청 당직실로 데려왔다. 30대 젊은 남성이었다. 사업 부도로 집을 잃고 이자가 높은 사채를 썼는데, 갚지 못해 업자들의 협박에 시달린다고 했다. 부인과 아이들은 친척 집으로 보내고, 자기는 자포자기 상태로 길거리를 떠돈 지 일주일 되었다고 했다.

구청 지하 식당으로 데려가 손과 얼굴을 씻게 했다. 식당에는 당직 근무자들이 저녁과 아침 식사를 할 수 있도록 전기밥통에 밥과 국이 준비되어 있었다. 나는 그가 씻는 동안 밥상을 차렸다. 끼니를 제대로 못 챙겼을 것으로 짐작하고 냉면 그릇에 밥을 가득 담았다. 씻고 나자 얼굴이 뽀송뽀송하고, 쌍꺼풀진 큰 눈이 초롱초롱 빛났다. 나는 한쪽에 앉아 그가 밥 먹는 것을 지켜보았다. 그는 닭똥 같은 눈물을 밥그릇에 뚝뚝 떨어뜨리면서도 숟가락은 부지런히 움직였다. 울음을 억지로 참고 있는 듯 간간이 신음이 새어 나왔다. 냉면 그릇이 다 비워지자, 나는 얼른 한 그릇을 더 담아서 주었다. 그 남자는 식사가 끝날 때까지 눈물을 멈추지 않았다. 냉면 그릇으로 밥 두 그릇이 금방 비워졌다.

나는 그전까지 사람이 그렇게 밥을 많이 먹을 수 있는 줄 몰랐다. 또 그렇게 큼지막한 눈물방울을 그토록 계속해서 떨구는 사람도 못 봤다. 사흘을 굶으면 남의 집 담을 넘지 않는 사람이 없다는데 일주일을 제대로 못 먹었다니 오죽했으랴. 식사가 끝나자 당직자들이 쉬는 방에 데리고 갔다. 지금 밖에서 자면 안 되니, 오늘은 여기서 쉬고 내일 날이 밝거든 가시라고 했다. 그는 금방 잠들었다. 코 고는 소리가 엄청나게 컸다. 날이 새자 당직 근무 중인 나를 계면쩍게 쳐다보고는 고개 숙이며 말없이 떠났다.

나는 그가 밥 먹으면서 왜 그렇게 많은 눈물을 쏟았는지 알 수 없었다. 엄동설한에 노숙하다가 따뜻한 밥에 국물을 먹어서였을까? 뿔뿔이 흩어진 처자식들이 걱정되어서였을까? 아니면 국가 지도자가 잘못해서 나라가 망하고 사업이 망했는데, 말단 공무원이 따뜻하게 해주어 분노와 고마움이 교차했기 때문이었을까? 분명한 것은, 역사를 통해 볼 때 위정자가 잘못해서 전쟁이나 국가 부도 같은 큰 환란이 오면, 생사가 걸린 피해는 오롯이 국민이 입는다는 것이다.

5개월이 지나 다시 당직 차례가 왔다. 1998년 6월 11일, 미국을 방문한 김대중 대통령 소식을 당직실 TV로 지켜보고 있었다. 김 대통령이 미국 의회의사당에서 연설하는 장면이 나왔다. 불편한 다리로 연설대에 서서 투박한 남도 사투리 억양의 영어로 연설하고 있었다. 그걸 보던 당직사관이 한마디 했다.

"저 사람 이상한 사람이네. 왜 대통령이 영어로 연설해. 참 이상한 사람이야."

명색이 간부 공무원이니, 대통령이 영어로 연설하는 이유를 모르지는 않았을 것이다. 그렇다면 대통령을 개인적으로 싫어한다는 것인데, 아무리 대통령이 싫더라도 그렇다. 국가 부도 사태를 극복하겠다고 국민은 금 모으기 운동에 동참하고, 연로한 대통령은 불편한 몸을 이끌고 강대국의 비위를 맞추려고 서툴지만 그들의 말로 연설해 가며 안간힘을 쓰고 있다. 그런 대통령에게 간부 공무원이라는 자가 할 소리인가?

마을문고로 만난 패밀리

중화2동사무소에서 민방위 업무를 담당했다. 주 업무는 민원 창구에서 전·출입하는 민방위대원을 편성하고 관리하는 일이었다. 편성된 대원을 연차별로 교육하기도 했다. 민방위대원 교육에는 소집 점검과 기본 교육이 있다. 기본 교육은 구청 민방위과에서 주관하지만, 소집 점검은 동사무소에서 주관하여 1년에 1회 실시한다. 아침에 학교 운동장을 빌려 대원들을 정렬시켜 놓고 인원을 점검하고 동장의 간단한 훈시로 교육을 마쳤다.

당시 국가적으로는 국민의 정부가 들어서 IMF 경제위기를 극복하기 위해 총력을 기울였다. 경제가 돌아가게 하고 일자리를 만들기 위해 애썼다. 동사무소도 내부를 대대적으로 개조했다. 민원 창구의 높이를 대폭 낮추어 지금처럼 민원인이 직원과 마주 앉아 대화할 수 있도록 만들었다. 관공서의 문턱을 국민의 눈높이에 맞춘 것이다. 구에서는 각종 사업 예산을 조기에 집행하도록 독려했다. 개인적으로는 정부에서 벌이는 금 모으기 캠페인에 협조하기 위하여 나도 아이의 돌 반지를 내놓았다. 2000년 12월 4일, 김대중 대통령은 국제통화기금의 모든 차관을 상환했고, 우리나라가 IMF 위기를 완전히 벗어났다고 공식적으로 발표했다.

중화2동사무소는 사무실 공간이 부족하여 마을문고가 없었다. 그러나 사무실을 대폭 개조하면서 동장실 일부와 다른 공간을 축소하여 그곳에 마을문고를 만들었다. 문고 설치 공사와 동시에 자원봉사자를 모집했다. 동장은 나에게 민원 업무를 보러 동사무소를 찾아오는 여성들 가운데 봉사할 만한 분이 있는지 살피라고 지시했다. 회장직은 동장이 동네에서 약국을 운영하는 재력가를 찾아가 삼고초려 끝에 승낙을 받아놓은 상태였다. 나는 초등학생 아이가 있을 만한 삼사십 대 여성이 오면 민원 처리를 하면서 넌지시 직장에 다니는지 물었다. 동사무소에서 마을문고를 운영하게 되는데, 자원봉사를 할 사람이 필요하다고 했다. 전업주부일 경우엔 일주일에 세 시간만 봉사해 달라고 부탁했다. 자원봉사자 열여섯 명을 회원으로 확보하여 2000년 초에 중화2동사무소에 마을문고를 개설했다.

마을문고는 잘 운영되었다. 나는 묵1동에서 운영해 본 경험이 있었고, 새로 위촉된 회장도 독서에 관심이 많은 터라, 의견이 잘

맞았다. 목포가 고향인 회장은 관공서에 불신이 깊어서, 관에서 하는 일에는 일절 참여하지 않았다며 속마음을 털어놓았다. 그동안 전라도 사람이라고 무시도 많이 당했다. 1970년대 대통령 선거가 있을 때마다 김대중 후보의 선거 벽보를 약국 건물 벽에 붙이게 했다고 경찰서의 감시와 주위의 질시를 받았다. 그때는 대놓고 전라도 사람을 빨갱이라고 부르던 세상이었다며 참으로 어처구니없는 시대였다고 한탄했다. 마을문고 회장직을 승낙한 것은 아이들에게 독서를 장려한다는 취지가 좋았고, 인품 있는 동장의 정중한 부탁을 거절할 수 없었기 때문이라고 했다.

회장은 문고에서 봉사하는 엄마들이 수고한다며 가끔 식사 자리에 초대했다. 가평에 있는 당신의 별장에서 단합대회를 열어주기도 했다. 9만 제곱미터인 별장 주변에는 온갖 화초가 잘 가꿔져 있었다. 야생화에 미쳐 전국을 돌며 야생화를 구하느라 돈을 많이 썼다고 했다. 영화배우 안성기와 ROTC 동기여서 별장에서 영화도 찍었다고 했다. 회장의 적극적인 지원으로 회원들은 즐겁게 봉사했고, 유대는 더욱 깊어졌다.

그중에서도 자원봉사 여성 네 명과 전에 마을문고를 담당했던 직원과 후임자인 나를 포함한 여섯 명은 유독 친하게 지냈다. 여섯 명은 서로 고향이 달랐기에 모여서 이야기하다 보면 팔도 사투리가 다 나왔다. 내가 민원 창구에서 개별적으로 영입한 이들이기에 친근감이 각별했다. 마을문고를 통해 알게 된 우리는 서로 오빠나 언니라 부르며 가족처럼 지냈다. 특히 내가 이혼하여 딸과 단둘이 산다는 것을 짠하게 여겨, 엄마 손길이 부족한 딸을 자기들 아이처럼 챙겼다. 20년이 지난 지금도 우리 여섯 명은 '중화동 패밀리'라는 이름으로 정기적으로 만나면서 인연을 이어가고 있다. 패밀리 중에 일부는 봉사단체를 이끄는 단체장이 되는 등 지금도 동네에서 활발하게 활동하고 있다. 어려울 때 친구가 진짜 친구다.

물난리 안전지대가 되기까지

　2001년 7월 14일에서 15일 이틀간 중랑구 지역에 310밀리미터의 폭우가 쏟아졌다. 기록적인 폭우로 중랑천 주변 배수펌프장 배수 용량이 한계치에 달하자, 저지대인 중화동·면목동 지역의 주택 1만 970가구가 침수되었다. 피해 복구비만으로 176억 원이 들어간 엄청난 물난리였다.

　중랑구는 망우산·용마산으로 둘러싸인 동쪽이 높고, 망우동·중화동·면목동 등 주택지가 있는 서쪽이 낮은, 동고서저의 지형을 이루고 있다. 폭우가 쏟아지면 계곡의 물이 일시에 낮은 지역으로 몰린다. 집중 강우가 계속되어 빗물을 흐르게 하는 하수관로와 중랑천으로 퍼내는 펌프장의 배수펌프 용량이 충분하지 않았다.

빗물펌프장의 배수펌프가 한계를 넘어서자, 낮은 지대와 이면 도로는 물바다가 되었고, 지하 세대는 완전히 침수되었다. 비상 근무를 하느라 밤을 새운 직원들은 속수무책이라 사무실에서 대기하고 있었다. 아침이 되어 비가 그치고 도로에 물이 빠지자 성난 주민들이 동사무소로 몰려왔다. 물난리가 났는데 너희들은 사무실에 앉아 구경만 하고 있느냐, 동장 개××는 어디 있냐며 나오라고 고래고래 소리쳤다. 동장은 피해 지역을 둘러보고 있다고 둘러댔다. 온갖 욕설을 하고 일부 주민들은 화분을 민원 창구에 집어 던졌다. 직원들이 말리자, 멱살을 잡으며 더 흥분했다. 나는 가장 심하게 설치는 젊은 남자를 향해 단호하게 소리쳤다.

"기물을 파괴하지 마세요! 다 국민의 세금입니다."

그 남자는 멈칫하더니, 물건을 더는 던지지 않았다. 그때 강동구에 거주하는 동장이 출근하면서 전화했다. 사무실에 거의 다 왔는데 이렇게까지 심각한 줄 몰랐다며 사무실 상황을 물었다. 나는 책상 밑으로 고개를 숙이고 낮은 소리로 말했다.

"동장님, 지금 사무실 들어오시면 큰일 납니다. 주민들이 몰려와 난동 부리고 있습니다. 피해 지역 순찰 중이라고 했습니다."

동장은 금방 알아들었다. 이런 상황에 기관장이 나타나면 흥분한 주민들에게 폭행당할 수도 있다. 군중심리가 발동하면 무슨 불상사가 일어날지 모른다.

비가 그치고 침수된 가옥에서 물이 빠지자 피해 조사가 시작되었다. 중화동은 오래된 주택 지역이고 반지하에 사는 주민이 많은 지역이라 피해가 컸다. 지하에 사는 주민들은 가구와 침구를 비롯한 살림살이 전체가 못 쓰게 되었다. 지하에서 봉제공장을 하는 어떤 분은 침수되어 깜깜한 공장으로 들어가 라이터 불을 켰다가 상층부로 모였던 가스가 폭발하여 전신에 화상을 입었다. 그해 여름, 휴가도 못 간 채 침수 피해를 조사하면서 보냈다.

중랑구는 피해를 교훈 삼아 미래에 대비하고자 머리를 맞댔다. 문제는 배수시설 확충에 따른 막대한 예산이었다. 당시 김대중 정부의 경제부총리였던 진념 장관이 중랑천 둔치에 왔다. 키는 작달막했으나, 강직하게 생긴 분이었다. 현장에 모인 관계자들과 주민들 앞에서 특유의 가랑가랑한 목소리로 말했다.

"서민들의 삶에 각별한 애착을 가지신 김대중 대통령께서 수해 현장을 직접 살펴보고 항구적인 대책을 마련해 시행하라는 지시를 내려 이곳에 왔습니다."

중랑구는 정부와 서울시의 전폭적인 지원으로 수해 방지시설을 근본적으로 개선했다. 망우산 계곡에서 한꺼번에 내려오는 물을 일시적으로 모았다가 천천히 방류하는 시설인 '망우산체육공원 지하 저류조'를 2004년에 설치했다. 2005년에 '중화제2빗물펌프장'을 신설하고, 2009년에는 '면목빗물펌프장'을 증설했다. 2004년~2005년까지 봉오재길·용마산길 '하수 암거'를 신설하는 등 수해 방지시설을 크게 확충했다. 특히 중화제2빗물펌프장을 새로 설치하는 데는 당시 구 1년 예산 600억 원의 절반인 300억 원의 국비가 투입되었다. 그 결과 2011년 7월 26일부터 28일까지 사흘간 서울에 584밀리미터가 쏟아진 기록적인 물 폭탄에도 아무런 피해가 발생하지 않았다. 그 후로 중랑구는 수해로부터 안전한 지역으로 공인되었다.

직원에게 손찌검한 동장에게
돌직구를 날리다

우리나라는 1991년에 ILO(국제노동기구)에 가입하였고, 1996년에는 OECD(경제협력개발기구) 회원국이 되었다. 이로써 한국은 ILO가 요구하는 일정 수준의 노동운동을 노동자들에게 보장할 의무를 지게 되었다. OECD 회원국이 되자 공무원들의 노동기본권을 존중하라는 국제사회의 압력을 받았다. 국제사회의 압력과 문민정부 수립에 힘입어 1998년 2월 24일 공포된 '공무원직장협의회 운영에 관한 특별법'이 1999년 1월 1일부터 시행되었다.

공무원직장협의회는 공무원들의 근무환경 개선, 업무능률 향상 및 고충 처리를 목적으로 6급 이하 공무원들이 설립하는 협의체였다. 노동조합의 핵심 권리인 단결권과 단체교섭권이 빠져 있으니, 노동조합으로 가기 전 단계의 협의체로 볼 수 있다. 활동이

제한된 특별법이었지만, 아예 없는 것보다는 백배 나았다. 하위직 공무원들이 기관장을 대신하는 집행부를 상대로 한 테이블에 마주 앉는다는 것 자체가 큰 변화였다. 지금의 공무원노동조합은 진일보하여, 2004년 12월에 제정된 '공무원노동조합 설립 및 운영 등에 관한 법률'에 따라 단결권과 제한된 단체교섭권을 허용하고 있다.

1999년 1월, 중랑구에도 공무원직장협의회를 결성하려는 움직임이 싹트고 있었다. 하루는 직장협의회 결성을 주도하는 선배가 나를 찾아왔다. 하위직 공무원들의 복리 증진을 위해서 활동을 같이하자고 했다. 나는 개인 사정상 어렵다고 했다. 그러나 며칠 후 또 와서 도와달라고 했다. 왜 굳이 나를 고집하느냐고 했더니, 지역 신문 기자가 나를 필수 요원으로 추천했다고 했다. 그 기자와는 구청 홍보실에 근무할 때부터 잘 아는 사이였다. 거듭 부탁하기에 활동에 앞장설 수는 없지만, 성명서나 발표문 작성은 도와줄 수 있다고 승낙했다. 나중에 보니 홍보부장에 내 이름이 올라 있었다. 국가기록원 자료를 보니, 공무원직장협의회는 설립 초기 2,400여 개 정부 기관 중에서 176개 기관이 직장협의회에 가입하여 기관 가입률이 7.3퍼센트였다. 가입 가능 인원 26만여 명 중 3만 6천 명으로 개별 가입률은 13.9퍼센트에 불과해서, 가입 기관이나 가입 인원이 저조한 편이었다.

우리 구는 육사 출신으로 우리 구에서 부구청장을 지낸 분이 구청장에 당선되었다. 보수적인 분들은 1987년 민주화 이후 노조의 강경한 주장과 시위에 반감이 있었다. 노동자들이 뭉치고 파업하는 것을 체질적으로 싫어했으며, 세상에서 가장 무서운 법은 '떼법'이라고 했다. 노동자들이 권익 신장과 근로조건 개선을 위해 투쟁하는 것을 떼쓰는 것으로 인식하고 있었다. 그러니 공무원직장협의회 조직에 앞장서는 간부들을 좋게 볼 리가 없었다. 직장협의회가 막 출범한 터라 간부들도 결기가 있었다. 인사 때마다 직원들의 불만을 모아 성명서를 냈고, 집행부와 단체 협상할 때도 강경하게 나갔다. 일부 간부들은 의욕이 앞선 나머지 과격하게 행동한 측면도 있었다. 집행부에서는 전에 없던 단체가 생겨 사사건건 이의를 제기하니 직장협의회를 눈엣가시처럼 여겼다. 제1기 직장협의회 간부들은 구청장에게 완전히 찍혀버렸다. 직장협의회 간부들도 불이익을 예상하고 감수했다.

한번은 동네에서 동장이 자기 직원을 손찌검한 사건이 발생했다. 동장이 호출한 순찰차가 늦게 왔다는 것이 이유였다. 당시에 간부들이 부하 직원들을 대하는 태도를 보여주는 단적인 예다. 인권 감수성은 아예 없었을뿐더러 인권이라는 단어는 운동권이나 사용하는 불순한 용어로 치부했다. 우리는 강력히 항의했다. 나는 '불쌍한 하위직 공무원을 위한 만가挽歌'라는 제목으로 가해 동장을 호되게 꾸짖는 글을 내부 게시판에 올렸다. 직장협의회는 집행부가 이 사건을 어떻게 처리하는가를 예의 주시했다. 반향이 컸다. 총무과에서 직장협의회 간부들이 어떻게 나올지를 여러 경로로 알아보는 것이 감지되었다. 결과, 동장이 당사자에게 사과하고 인사이동 하는 것으로 마무리됐다.

직원들이 내가 쓴 게시판의 글을 화제 삼았다. 어떤 직원은 "몸의 상처는 시간이 지나면 아물겠지만, 마음의 상처는 어찌합니까?"라는 구절이 잊히지 않는다고 했다. 그 간부가 평소 직원들 대하는 태도를 언급하며 속이 시원했다는 직원도 있었다.

나는 언어든 물리적이든 폭력은 문명사회에서 있어서는 안 된다고 생각한다. 아무리 직급이 낮고 비중이 낮은 일을 하는 사람이라도 한 가정의 가장이요, 남편이요, 아빠다. 가장이 직장 상사에게 얻어맞는 조직이라면 야만적인 조직이다. 이 일로 나는 하위직 직원들에게는 인기가 올랐으나, 구청 집행부와 간부들에게는 요주의 공무원으로 각인되었다.

딸의 수학여행

중화동에서 3년을 근무하자, 전보 대상이 되어 2003년 1월 20일 구청 민원여권과로 발령 나서 호적 업무를 맡았다. 민원실은 정시에 퇴근할 수 있어서 아이를 키우는 여직원들이 선호하는 부서였다. 인사 담당이 나에게 민원실만 빼고 어디든지 원하는 대로 보내주겠다고 했다. 나는 아이를 챙길 입장이라 민원실 아니면 안 간다고 버텼다. 그도 내 사정을 알고 있는 데다, 직장협의회 간부의 의견을 무시할 수 없었던지 원하는 부서로 보내주었다.

어느덧 딸은 중학교 2학년이 되어 있었다. 엄마 없이 크는 딸의 기를 살려주려고 딸이 다니는 학교의 운영위원회 위원이 되었다. 운영위원으로 참여하는 동안 교장·교감·담임 등 여러 선생님과 교류할 수 있었다. 교장 선생님은 체육학과 출신으로 성격이 호방했다. 선생님 말씀이 중고등학교 교장 중에 체육학과 출신이 압도적으로 많다고 했다. 교장, 교감은 학생들을 가르치기보다는 학교라는 조직을 운영하고 관리하는 역할을 한다. 그런 역할에는 개인보다는 조직을 이끌어가는 리더십이 필요하다. 여러 사람이 조직적으로 움직여 실적을 극대화하는 대표적인 집단이 군대와 스포츠 선수 집단이다. 체대 출신이 강점이 있어 체대 출신 교장이 많다는 말씀이 이해되었다.

수학여행을 가게 된 딸이 자기 반 얘기를 들려주었다. 희망자를 조사했는데, 자기 반 아이 세 명이 가정 형편이 어려워 수학여행을 못 갈 것 같다고 했다. 딸에게, 아빠가 그 아이들 여행비를 대줄 테니 함께 가라고 했다. 내가 중학교 때 수학여행을 못 갔기에 그 아이들의 심정을 이해할 수 있다. 그때 학교는 수학여행을 못 간 아이들을 등교시켜 운동장 풀 뽑는 일을 시켰다. 몇 년 전 중학교 동창회에서 그 이야기를 했더니, 해병대 원사로 정년퇴직한 친구가 말했다.

"아따, 너도 겁나게 순진했뜽갑따. 그냥 내빼버리지 시킨다고 바보같이 풀 뽑고 있었냐? 도망가는 것도 용기여야."

나는 수학여행을 다녀온 아이들이 한동안 여행 뒷이야기를 할 때마다 대화에 낄 수 없어 소외감을 느꼈었다.

다행히 딸의 담임교사가 애써주어 빠지는 학생 없이 다 같이 수학여행을 간다고 했다.

수학여행을 다녀온 딸이 저녁밥을 먹으면서 이야기했다. 여섯 명이 한방을 썼는데, 어떤 애가 가방에 술을 숨겨 왔단다. 중학교 2학년 정도 되면 아이들은 술에 대한 호기심이 생긴다. 저녁 먹고 자기 전에 아이들이 둘러앉아 술병을 돌려가면서 한 모금씩 마셨단다. 홀짝홀짝 마신 게 취기가 돌아 마음이 열렸던지, 갑자기 한 아이가 울기 시작하더니 말을 꺼냈단다.

"우리 엄마 아빠는 맨날 싸워. 헤어질 것 같아."

"우리 엄마 아빠는 헤어졌어. 나는 할머니랑 살아."

"우리 엄마 아빠도 그럴 것 같아."

그러다가 여섯 명 모두 울음이 터져 일순간 숙소가 여자애들의 울음바다가 되었단다. 그때 방을 돌아보시던 여선생님이 사연을 듣고는 여섯 명의 아이들을 붙들어 안고 한 덩어리가 되어 울었다고 했다. 초등학교 3학년 때 엄마와 떨어진 딸은 더 슬펐을 것이다. 자기 잘못이 아닌, 부모의 잘못으로 엄마와 헤어져 사는 아이에 대한 죄책감이 마음을 짓눌렀다. 한편으로 아이들이 수학여행 가서 한 일탈을 야단치지 않고 공감해 준 선생님이 고마웠다.

나는 딸을 통해 몇 가지를 알게 되었다. 부부가 자주 싸우면 아이들은 부모가 이혼할까를 걱정한다. 부모가 이혼한 아이들이 생각보다 많다. 나는 딸을 위로했다.

"봐라, 너만 엄마 없이 사는 게 아니니까 기죽지 말고 공부 열심히 해라."

그러나 딸은 공부를 열심히 하지도 않았고, 성적도 신통치 않
았다. 나는 아이가 건강한 성인으로 성장하여 자기에게 주어진
인생을 살면 더 바랄 게 없다고 생각했다. 학교 운영위원으로 활
동하면서 교장이나 교사에게 딸의 학교생활에 대하여 일절 묻지
도, 궁금해하지도 않았다. 그러나 적어도 엄마 없는 결손가정의
아이라고 차별받지는 않을 것이라는 믿음은 있었다. 그것이 내가
학교 운영위원회에 참여하게 된 동기이자 목적이었다.

공무원 품위유지 의무

2003년, 구청 민원봉사과에 근무할 때였다. 한 여성의 전화를 받았다. 팩스로 민원을 신청했으니 빨리 처리해 달라는 것이었다. 목소리는 앳되게 들렸지만, 목에 힘이 들어간 명령조였다.

팩스민원 담당자는 소아마비로 목발 없이는 걸을 수 없는 장애인이었다. 담당자의 자리는 팩스가 있는 곳에서 몇 발짝 떨어져 있었다. 그는 독촉 전화를 받지 않아도 수시로 팩스를 확인했다. 전화를 담당자에게 돌렸더라면 아무 일 없었을 텐데 그 순간엔 몸이 불편한 담당자를 생각해서 내가 답변했다.

"알겠습니다. 그런데 굳이 전화하지 않아도 됩니다. 정확히 발송만 하시면 담당자가 수시로 확인하고 도착하는 순서대로 처리하고 있습니다."

"아니, 그러면 내가 쓸데없이 전화했다는 거예요? 아저씨 되게 불친절하시네요. 이름이 뭐예요?"

그 여성은 불쾌하다는 듯이 반문하며 내 이름과 직급을 물었다. 자기는 관내 초등학교 행정실에 근무하는 아무개라고 하기에 나도 직급과 성명을 말해주었다.

바로 그날 오후에 일이 벌어졌다. 나를 불친절 공무원이라고 규탄하는 글이 구청 홈페이지에 올라왔다. 내 직급과 성명을 맨 위에 써놓고는 감정적으로 비방하는 내용이었다. 이렇게 불친절한 사람이 공무원으로 있다니 한심하다고 인신공격까지 서슴지 않았다. 구청 감사실 직원이 득달같이 내려와 나를 조사했다. 안 그래도 직장협의회 간부로 미운털이 박힌 놈, 잘 걸렸다고 생각했을 것이다. 며칠 후 별 내용이 없었던지 '주의'하라는 공문을 받았다. '주의'는 공무원 징계에서 가장 낮은 단계로 6개월이 지나면 효력이 소멸하고 불이익도 없다. 그렇다지만 기분이 나빴다. 더구나 홈페이지 공개 게시판에는 나를 비난하는 글이 그대로 있기에 가만히 있을 수 없었다.

나는 학교를 관리·감독할 책임이 있는 교육청 감사실에 상황을 자세히 적어서 민원을 제기했다. 정당한 비판은 감수하겠는데, 같은 공무원으로서 감정적 비방에 가까운 글이 개인정보와 함께 공개된 것은 부당하다고 주장했다. 다음 날 교육청 감사실에서 남녀 직원 두 명이 나를 찾아왔다. 자기 직원이 구청 게시판에 올린 글을 읽었으며, 그 직원을 만나 사실을 확인시키고 경위를 조사했다고 했다. 규정에 따라 직원을 조치하겠다고 말했다. 나는 장애가 있는 팩스민원 담당자와 팩스가 위치한 곳 등 현장 상황을 설명했다. 그들은 내 말을 경청하고 위로했다. 그 태도가 매우 절제되고 정중해서 그 자체로 억울함이 많이 풀렸다.

교육청 감사관이 다녀간 지 몇 시간 안 돼 그 학교 행정실장이 나에게 전화했다. 그 직원은 공무원으로 들어온 지 얼마 안 되어 서툰 점이 많다고, 죄송하다며 용서해 달라고 했다. 교육청 감사관들에게 조사를 받고는 직원이 큰 충격을 받았다고 했다. 더군다나 최근에 결혼해 임신 초기인데 불안감이 심해 유산할까 봐 걱정된다고도 했다. 홈페이지에 올린 글은 바로 삭제했고, 나를 만나서 용서를 빌고 싶다고 하니 시간을 내달라고 했다. 구청 홈페이지를 확인해 보니 나에 대한 글은 삭제되고, 반대로 그 직원의 반성문이 올라와 있었다. 이제 내가 그 직원을 걱정하는 상황이 되었다. 나는 충격으로 유산할 위험이 있다는 말에 곧바로 만나기로 했다.

퇴근하고 약속 장소인 구청 근처 찻집으로 갔다. 두 여성이 먼저 와 있었다. 사십 대의 행정실장과 이십 대의 여직원이었다. 그들을 보는 순간, 저렇게 여리고 순박하게 생긴 여성이 어떻게 그토록 모진 글을 올렸는지 의아했다. 젊은 나이에 공무원이 되었다고 우쭐한 마음이 들었던가? 민선 지방자치단체장들이 경쟁적으로 공무원들에게 민원인을 친절히 대하라고 닦달하던 시기라 자기도 큰소리 한번 쳐보려고 그랬나? 나는 초췌하게 앉아 있는 두 여성에게서 연민의 정을 느꼈다. 그들을 안심시키고 얼른 그 자리를 벗어나고 싶었다.

"이제 다 풀렸습니다. 저도 이렇게까지 될 줄은 몰랐습니다. 걱정하지 마세요. 홈페이지에 올린 참회의 글은 삭제해 주세요."

"아닙니다. 절대 삭제하지 않을 겁니다. 제가 공무원 생활 하는 동안 반성하는 거울로 삼기 위해서라도 지우지 않겠습니다."

나는 직원에 대한 원망 대신 연민만 가득 안고 사무실로 돌아왔다. 참회의 글이 다음 날에도 홈페이지에 게시되어 있기에, 행정실장에게 전화해서 삭제하도록 부탁했다.

그 직원은 자기가 저지른 섣부른 행위 때문에 전문 조사관에게 심문받는다는 것이 얼마나 고통스러운 일인지를 생생하게 체험했을 것이다. 공무원에게는 품위유지 의무가 있다. 이는 국민에게는 물론 공무원들 간에도 지켜야 할 의무다. 공무원이 품위유지를 위반했을 경우, 법률상 문제는 안 되더라도 공무원 조직 내부의 조사와 문책을 피할 수 없다.

호적 전산화와 호주제 폐지

나는 2003년 1월 20일부터 2007년 4월 2일까지 4년 넘게 민원실에서 호적 업무만 담당했다. 공무원들은 순환보직이 원칙이라 한 부서에서 2~3년 근무하면 다른 부서로 발령 나게 마련이다. 나의 경우는 옮겨달라 간청했는데도 보내주지 않았다. 그 탓에 호적 실무를 오래 하면서 국민의 일상에 영향이 큰 사건과 다양한 사례들을 접할 수 있었다. 호적 사무는 국가 사무이지만 법령에 근거하여 사무 처리를 지방자치단체에 맡긴다. 이런 사무를 '위임사무'라고 하는데 대표적인 것이 호적, 주민등록, 병사 업무 등이다.

우리나라는 2002년부터 호적 전산화 작업이 시작되었다. 손글씨로 작성된 기존의 제적부를 스캔하여 파일로 보존하고, 호적부는 컴퓨터에 입력하여 데이터베이스화했다. 일제강점기 때부터 작성된 호적부를 옮겨 쓰는 과정에서 오류가 발생하여 정정 신청이 많았다. 종이가 낡아 훼손되었거나 일본식 약자를 정자로 옮기는 데 어려움이 있었다. 제적부 스캔 작업은 구별로 업체를 선정했다. 중랑구는 부산에 소재하는 업체에 맡겼는데, 작업 완료 후 업체가 부도나는 바람에 하자보수를 받는 데 애를 먹었다. 2003년에 전산화 작업이 완료되었고, 2004년부터는 호적 등·초본 전국 온라인 발급 서비스가 시작되었다. 우리나라는 1994년 주민등록 온라인에 이어 2004년 호적까지 온라인 서비스가 시행됨으로써 주민등록과 호적 업무가 모두 전산화되었다.

2005년에는 한국 여성운동사에 큰 획을 긋는 사건이 일어났다. 2월 3일, 헌법재판소에서 호주제는 양성평등이라는 헌법 정신에 어긋난다며 헌법불합치 결정을 내린 것이다. 호주제는 일제강점기에 일제가 조선을 본격적으로 통치하기 위한 수단으로 1922년 12월 18일 제정한 '조선호적령'에 뿌리를 두고 있었다. 얼개는 부계 혈통을 중심에 두고, 호주를 기준으로 하여 '가家' 단위로 호적을 편제하는 것이었다. 이에 따라 장자인 남자만 호주가 되는 여성 차별적인 제도였다. 정작 일본에서는 1947년에 폐지되었지만, 한국에서는 1958년 민법이 만들어지고도 그대로 유지되었다.

호주제 폐지에 대하여 일부 국민의 극렬한 반대가 있었다. 유림 등에서는 전통문화유산인 호주제 폐지가 가정을 파괴하고 아버지를 부인하는 것으로 아버지에 대한 공경심은 물론 가정 근간을 흔든다고 주장했다. 헌법재판소는 최종 판결 전에 저명한 생물학자인 최재천 박사를 초빙하여 의견을 들었다. 최 박사는 모계 사회인 꿀벌과 개미 등 곤충의 예를 들며, 현행 민법이 규정한 부계 혈통주의가 사회적으로는 물론 생물학적으로도 모순임을 증명했다.

호주제 폐지는 대한민국 최초의 여성 변호사였던 이태영 박사에게 힘입은 바 컸다. 이태영 박사는 여성에 대한 불평등과 유교적 인습에 저항하여 호주제 폐지, 동성동본 금혼 폐지를 근간으로 하는 가족법 개정을 끈질기게 주장했다. 1999년 5월에는 한국여성단체연합이 주도하여 '호주제폐지운동본부'를 발족했다. 2000년 9월 22일에는 '호주제 폐지를 위한 시민연대'를 발족하여 국회에 청원했다. 호주제 폐지는 여성단체의 기나긴 싸움 끝에 얻어졌다.

호주제가 폐지됨에 따라 정부에서는 가족관계등록법을 제정하여 2008년 1월 1일부터 시행하고 있다. 이 법에 따라, 호주를 중심으로 호적이 가족 단위로 편제되었던 것이 개별 단위로 편제됨으로써 호적 사무가 매우 간편해졌다. 국민의 사생활이 더 보호되었으며, 가족법에서 호주제라는 일제 잔재를 걷어내게 되었다.

부질없는 출생신고 공방

2019년 가을, 진도에서 책을 쓸 때였다. 출생신고 문제로 여야 국회의원들 간 공방이 언론에 보도되었다. 임명된 지 35일 만에 사퇴한 조국 전 법무부 장관의 후보자 시절 인사청문회에서 딸의 출생신고 접수가 문제였다. 호적 실무를 오래 했던 실무자가 보기에는 부질없는 논쟁이었다.

호적 업무는 호주제가 폐지되고 가족관계등록법이 시행된 2008년 1월 1일 이전과 이후로 구분된다. 출생신고는 주민등록지 또는 본적지에서 할 수 있다. 법률상 혼인 중 출생자의 신고 의무자는 부모다. 출생신고서의 부·모란에 부모의 인적 사항을 기재하고, 부나 모 중 신고자의 이름을 쓰고 도장을 찍어야 한다. 형식적 요건이 갖춰진 출생신고서 접수는 우편으로도 가능하고,

가족은 물론 지인에게 부탁해서 대신 접수해도 받아주었다. 접수 담당 공무원은 출생신고서에 신고 의무자가 기재되었는지와 서명 날인 여부, 출생증명서의 부모와 호적부상의 부모 일치 여부를 확인한다. 이상 없으면 접수부에 접수 유형을 기록하고 출생신고서는 기재 담당 공무원에게 넘긴다. 기재 담당 공무원은 출생신고서에 근거해서 규정에 따라 호적에 편제한다.

옛날 시골에서 출생신고는 부모의 도장을 받아 이장이 작성해서 신고까지 도맡았다. 가난하고 못 배운 농부들은 농사일에 바쁘기도 한 데다, 신고서를 작성하기도 쉽지 않았다. 한자를 잘 모르니 집에서 부르는 이름을 이장이 알아서 한자로 적어줬다. 심지어 형과 동생을 한꺼번에 신고하다가 이장이 헷갈리는 바람에 이름이 바뀌기도 했고, 한자를 잘못 쓴 경우는 허다했다. 옛날에는 유아사망률이 높아 돌이 지나서야 신고하는 경우도 많았다. 그러나 신고 기한 1개월을 넘기면 과태료를 물어야 해서 과태료를 내지 않으려고 나이를 몇 살씩 줄여 신고하는 일이 비일비재했다. 아이를 집에서 낳아 병원에서 발행하는 출생증명서 자체가 없었기에, 이웃 주민이 출생을 확인해 주는 인우보증서로 대신하기도 했다.

이런 현실에서 할아버지가 접수했는데 호적에는 아버지가 신고자로 되어 있다느니, 출생일이 틀린다고 다투는 건 출생신고 제도의 본질을 모르고 하는 무의미한 논쟁이다. 내가 4년 넘게 호적 편제를 하는 동안, 대리 접수자를 호적에 기재한 경우는 한 번도 없었다. 업무상 들여다본 그 많은 호적부 중에서도, 이장이 대리 신고했다고 해서 이장을 신고자로 기재한 예는 발견하지 못했다. 호적 사무 예규에 있다는 대리 신고 기재 사항은 실무에서는 참고하지 않았다. 만약 출생신고를 반드시 신고 의무자가 접수해야 했다면 국민은 엄청난 불편을 겪었을 것이다.

동사무소가 주민센터로

2007년 4월 3일, 망우2동사무소로 발령 났다. 초임 때 근무했던 곳으로 20년이 지나 다시 돌아온 것이다. 동사무소 행정은 동네 주민을 많이 알아야 일하는 데 수월하다. 동사무소는 각종 캠페인, 구청 행사 등에 주민을 동원해야 하는 일이 많다. 아무리 좋은 행사라도 사람이 오지 않으면 행사는 망친다. 동 행정에서 가장 힘든 게 인원 동원이다. 나는 한번 근무했던 곳이라 아는 사람이 많아 인원 동원하는 일에 유리했다.

2007년 9월 1일부터 '동사무소'라는 명칭이 '주민센터'로 바뀌었다. 1955년부터 동사무소라고 불려왔는데, 52년 만에 바뀐 것이다. 당시 행정자치부에서는 동사무소가 보건·복지·문화·생활체육 등 주민생활서비스를 맞춤형으로 제공하는 통합서비스 기관으로 전환됨에 따라 새 기능에 걸맞은 명칭을 부여한다고 했다.

1988년 당시, 중랑구에는 17개 동사무소가 있었다. 인구가 증가하고 주택단지가 개발되어 1996년에는 3개 동이 늘어나 20개 동이 되었다. 그러다 주민등록 전산화와 행정사무 자동화 등 행정 수요 감소 요인이 생겼다. 서울시에서는 행정 인력을 효율적으로 관리함으로써 예산을 절약하고자 동사무소 통폐합을 추진했다. 통폐합하는 구에는 동사무소 건물을 새로 지어주는 등 인센티브를 주었다. 중랑구도 이에 부응하여 4개 동을 통폐합하여, 2008년 1월 1일부터는 16개 동으로 축소되었다.

법정동 망우동에는 망우1·2·3동이라는 세 개의 행정동이 있었다. 그 가운데 망우1동과 2동이 통합되어, 2008년 1월 1일부터 망우본동이 되었다. 망우2동사무소 청사에는 청소년독서실을 만들었다. 두 개 동이 하나로 통합됨에 따라 54개 통을 47개 통으로 줄여야 했다. 행정동 명칭이 바뀌었으므로 통장들을 일괄 해촉하고, 흡수되는 지역의 통장 일곱 명을 뺀 나머지 통장들을 재위촉했다.

모든 일이 그렇듯 혜택을 주는 일은 생색나고 추진하기도 쉽지만, 주던 걸 안 주면 반발이 생긴다. 원망은 기관장이나 업무 책임자에게 돌아가게 된다. 동장이 망우1동 지역 네 개 통장은 자기가 알아서 할 테니, 나더러 망우2동 지역 세 개 통장을 책임지고 설득하여 잡음이 없도록 하라고 지시했다. 어떻게 알았는지 해촉 대상 통장들이 반발한다는 소문이 들렸다. 나는 정면 돌파하기로 했다. 차례로 세 분을 만나 배경을 설명하고 양해를 구했다. 두 분은 이해했는데, 한 분의 항의가 심했다. 왜 하필 자기냐는 것이었다. 동장이 담당한 지역의 한 분은 여기저기 민원을 제기하고 청와대에까지 진정서를 넣었다. 나는 해명하고 답변서를 쓰느라 업무가 더 많아졌다.

이해하지 못하는 한 분을 설득하기 위해 일주일 간격으로 세 번을 찾아갔다. 그분은 남편과 헤어져 혼자서 조그만 식당을 하면서 생활하고 있어 더 조심스러웠다. 마지막으로 찾아갔을 때 저녁 식사를 같이했다.

"혼자 장사하면서 동네 통장 일 하는 보람이 있었는데, 통장 잘렸다고 하면 동네 사람들이 나를 어떻게 보겠어요. 혼자 산다고 무시하는 거예요?"

"자르는 게 아니라, 통이 축소되어 재위촉을 안 하는 겁니다."

"말장난하지 마세요. 그게 그거잖아요."

"이해해 주세요. 이러는 저도 힘들어 죽겠습니다."

술은 사람의 마음을 누그러뜨리는 역할을 한다. 세 번째 만남에서 간신히 설득에 성공했다.

임무는 끝났지만 마음이 편하지 않았다. 어린아이 손에 쥐여준 사탕을 뺏은 것 같은 기분이었다. 힘 있는 자들은 유력 인사를 통해 압력도 넣지만, 약자들에게는 항거할 수단이 많지 않다.

지방자치 시대의 구청 소식지

지방자치제가 시행되어 구민 투표로 구청장을 뽑게 되면서 구정 홍보의 중요도가 높아졌다. 구에서는 구정을 주민들에게 알리기 위해 노력하고 많은 예산을 들이고 있다. 구민들에게 구정을 홍보하는 가장 효과적인 수단이 매월 발행하는 '소식지'다. 각 구청의 소식지는 대개 타블로이드판 16면으로 제작하는데, 한 부당 인쇄 비용은 140원 정도였다. 구 전체 세대를 기준으로 90퍼센트 정도에 배부되도록 발행한다.

중랑구의 소식지 발행 부수는 16만 부 정도였다. 소식지는 반상회 전날 인쇄소에서 주민센터에 배달된다. 주민센터 직원들이 통별로 세대수에 맞춰 나누어 끈으로 묶어놓으면 통장 회의 직후 통장들이 자기 지역의 각 세대에 배포한다.

2008년 7월 말, 찌는 듯이 더운 여름날이었다. 망우본동은 1만 4천 세대가 넘는 큰 동네였다. 한번은 직원들이 주민센터 주차장에서 배달된 소식지 12,600여 부를 47개 통으로 나누는 작업을 하고 있었는데, 갑자기 구청에서 작업을 중지하라는 지시가 내려왔다. 우리는 영문도 모른 채 마냥 기다렸다. 두어 시간이 지나자 트럭이 소식지 일부를 내려놓고 갔다. 16면 중 한 면이 잘못되었으니, 수정된 지면으로 교체해서 배포하라는 것이었다. 우리는 묶었던 소식지 뭉치를 풀어 새로 인쇄된 면을 갈아 끼우기 시작했다. 날씨도 더운데 12,600부를 교체하는 일은 짜증 나는 일인지라 이내 직원들의 불만이 터져 나왔다. 도대체 무슨 이유로, 누가 잘못해서 삽질하는지가 궁금했다.

머지않아 이유가 밝혀졌다. 소식지가 제작되어 담당 과장이 완성본을 들고 구청장 결재를 받으러 갔다가, 소식지에 나온 구청장 사진이 너무 작다고 야단맞았다는 것이다. 공무원들은 상급자에게 야단맞으면 대개 시정하겠다고 한다. 담당 과장은 인쇄소에 사진을 확대하여 다시 인쇄하라고 의뢰했다. 인쇄소야 돈을 더 받으니 손해날 일은 없겠지만, 예산이 낭비되는 것과 교체 작업하는 주민센터 직원들의 고생은 어쩔 것인가?

나라면 이왕 야단맞은 거, 죄송하다, 앞으로는 잘하겠다고 하고 마무리했을 것 같다. 그런데 기관장 면전에서 안 된다는 말을 쉽게 할 수 있는 공무원은 많지 않다. 자리에서 풍기는 아우라에

눌리기도 하지만, 한번 찍히면 헤어나기 힘들기 때문이다. 기관장의 불편한 심기와 부서장의 과잉 충성 때문에 애먼 주민센터 직원들만 생고생했고, 아까운 세금 500여만 원이 물거품처럼 사라졌다.

다시 못 주워 담을 말

사람 사는 곳이라면 어디나 갈등과 다툼이 있게 마련이다. 다양한 생각의 사람들이 모인 동주민센터 봉사단체도 예외가 아니다. 봉사단체 사람들 간에는 물론, 단체장들 간에도 사소한 오해로 다투는 경우가 있다. 한편 단체원들 사이에 일어난 일이 입소문을 타기도 한다. 이럴 때 공직에 있는 사람은 신중하게 처신해야 한다.

망우본동은 직능단체가 21개로, 다른 동에 비해 월등히 많았다. 단체가 많으니 관리하는 것도 신경 쓰였다. 서무주임으로 근무할 때였다. 단체원들끼리 스캔들이 있었는데, 통장 한 분이 나에게 내막을 귀띔해 주었다. 어느 날 직원들끼리 저녁 먹고 2차로 호프집에서 맥주 한잔하던 중에 한 직원이 그 이야기를 꺼냈다. 나도 들은 바 있어 한마디 보탰다. "남자가 여자에게 차를 사 주었다고 하던데."

다음 날 아침 출근하자마자 사달이 났다. 호프집 주인이 직원들이 했던 말을 그 남자에게 전한 것이다. 그 남자가 나에게 전화해서 어떤 놈이 그러더냐고 주민센터를 확 엎어버리겠다며 길길이 날뛰었다. 그 말을 듣는 순간 정신이 번쩍 들었다. 동네에서 일어나는 갈등을 막고 분란을 해소해야 할 공무원, 그것도 서무주임이 갈등의 원인을 제공한다는 것은 있을 수 없는 일이다.

호프집 주인이 그 소식을 어떻게 알았는지 급히 나를 찾아왔다. 영업상 비밀로 지켜주어야 할 손님들 간의 대화를 당사자에게 알려주는 바람에 문제가 되었음을 깨달은 것이다. 죽을죄를 지었다며 죄송하다고 했다. 그 남자와 서로 잘 아는 사이여서 별생각 없이 구설수가 있으니 조심하라고 충고했다는 것이다. 이미 일이 터졌으니 호프집 주인의 사과는 아무 소용이 없었다. 잘못은 내게 있으니 괜찮다며 돌려보냈다.

나는 남자에게 용서를 비는 수밖에는 달리 방법이 없었다. 그분의 식당에 가서 손이 발이 되도록 빌었다. 연속 사흘을 찾아다니며 빌고 또 빌었다. 사흘째 되던 날은 좀 풀어졌는지, 그 말을 전한 사람만 알려달라고 했다. 그건 도저히 말해줄 수 없었다. 그 사람 역시 다른 사람에게서 들었을 테고 확인을 계속하다 보면 분란만 커질 게 뻔했다.

"그건 알려드릴 수 없습니다. 같은 남자로서 이왕 봐준 거, 깔끔하게 봐주세요." 나의 간절한 사죄가 통했던지 알았다고 했다. 그날 밤 우리는 밤늦도록 술잔을 건네며 마무리했다.

비 온 뒤에 땅이 굳어진다(雨後地實)는 말이 있듯이 그 이후로 우리는 지금까지 친하게 지내고 있다. 그러나 돌이켜 보면 지금도 부끄럽고 수치스럽다. 한번 내뱉은 말은 다시 쓸어 담을 수 없으니 조심해야 한다. 공직자라면 더 말할 나위가 없다.

내게는 박 주임이 나라님이여

주민센터 봉사단체인 적십자봉사단에서 10년 넘게 봉사하는 분이 있었다. 오랜 기간 봉사하여 단장직을 맡고 있었다. 그분은 전북 고창에서 태어나 초등학교도 제대로 졸업하지 못하고 상경했다. 어쩌다 집으로 공문서가 오면 주민센터에 와서 내게 물었다.

"내가 못 배아서 그런디, 이것이 먼 소리여?"

배운 건 없어도 소탈하고 늘 해맑은 얼굴에 따뜻한 마음을 가졌다. 나는 고향 누님 같은 느낌으로 단장님을 각별하게 대했다.

어느 날 단장님이 내게 오시더니, 조용히 상의할 게 있다고 했다. 당신이 지나온 기구한 어린 시절과 가족사를 털어놓았다. 아버지가 23세 때, 19세인 어머니와 결혼하고 군에 입대했다. 단장님은 아버지 군 복무 중 출생했다. 아버지는 6·25전쟁 발발 첫

날 전방에서 전사하여 지금까지 시신도 못 찾았다. 어머니와는 혼인신고도 못 한 상태였다. 큰아들이 전사하자, 할아버지께서는 20세에 청상과부가 된 어머니를 새로 출발하라며 친정으로 돌려보냈다. 단장님은 작은아버지 호적에 올려졌다.

어렸을 때는 작은아버지 부부를 친부모로 알았다. 커가면서 동네 사람들이 전하는 말과, 형제들이 자기를 대하는 태도를 보고 친부모가 아니라는 것을 알아챘다. 가난한 시절이라 눈치가 보여, 먹는 입 하나 덜려고 초등학교 5학년 무렵에 서울에 왔다. 어린 나이에 남의 집 아이 보기, 식모, 공장 생활 등 온갖 궂은일을 다 했다. 다행히 지금의 성실한 남편을 만나 2남 1녀를 낳아 길러 출가까지 시켰다.

1998년, 김대중 정부가 출범하면서 남북 관계가 급속도로 가까워졌다. 2000년 6월 13일에는 평양에서 남북 정상회담이 열렸다. 남북 화해 분위기가 조성됨에 따라 국가에서는 2000년 4월에 국방부 유해발굴감식단을 창설했다. 이 기관은 6·25전쟁 격전지에서 전사자들의 유해를 찾아 국립묘지에 안장하는 사업을 주관했다. 또한, 유가족들의 DNA 시료를 채취하여 가족을 찾아주는 사업을 추진했다.

단장님도 아버지 유골 찾을 희망으로 신청 서류를 냈다. 그런데 접수 담당 공무원이 아버지가 살아계시는데 왜 신청하느냐며 접수를 안 받아주었다. 담당 공무원에게 호적에 기록된 아버지 이름을 물으니, 작은아버지 이름을 읽어주었다. 단장님은 한자로 된 호적부를 읽을 수가 없었다. 호적부가 어떻게 만들어지는지도 몰랐고, 혼인신고 할 때는 다른 이에게 맡겼기 때문에 신경도 안 썼다. 길러준 숙부·숙모가 친부모가 아니라는 것은 알았지만, 자기 호적에는 친부모가 부모로 올라가 있는 줄로 알았다.

자기 얘기를 들려주면서 단장님은 내게 간절히 부탁했다. 젖먹이 딸 하나 두고 전장에서 돌아가신 아버지다. 아버지 딸이 멀쩡히 살아 있으니, 죽기 전에 친아버지를 호적상 아버지로 올리는 게 소원이라고 하셨다.

나는 호적부를 많이 접해본 경험으로 그분의 슬픈 가족사를 머릿속에 그렸다. 호적부를 보면 그 가문의 3~4대에 이르는 가계도와 역사가 종이 몇 장에 압축되어 있다. 우선 단장님의 조부가 호주로 된 제적등본을 확인했다. 단장님 말대로 조부의 큰아들, 즉 단장님의 친부는 1950년 6월 25일 강원도 철원군 어느 지역에서 사망했다고 기재되어 있었다. 혼인신고를 못 했으니 어머니의 흔적은 없었다. 장남이 사망하자 차남이 호주 상속했고, 단장님은 차남의 장녀로 기록되어 있었다. 기록은 어디까지나 사실일 뿐, 진실은 아니다. 그런데 진실을 밝히기 위해서는 사실을 뒤집을 새로운 증거가 필요하다. 나는 핵심을 파악하고 구체적으로 조언했다.

"단장님이 소원을 이루시려면 국가를 상대로 두 번의 소송을 제기해 이겨야 합니다. 소송하려면 변호사를 사야 하니 돈이 들어가고, 오래 걸리는데 하실 수 있겠습니까?"

그렇게 아버지를 찾는 일이 시작되었다. 먼저 숙부와의 '친생자 관계 부존재 확인 소송'은 숙부가 살아 있어 유전자 감식으로 간단히 해결되었다. 판결문을 근거로 본적 신고를 통해 단장님을 단독 호주로 한 호적부를 만들었다. 다음 할 일은 빈칸으로 남은 부·모란에 친부모의 이름을 넣는 것이었다. 친부가 있으면 인지 신고로 간단히 처리되지만, 사망했으니 그럴 수 없었다. 어머니는 흔적이 없으니 아예 기재를 포기했다.

돌아가신 아버지를 친부란에 기재하기 위한 소송이 고비였다. 소송에서 변호사는 단장님이 한자를 몰라 숙부모가 부모로 기재된 사실을 모르고 있다가, 최근 '6·25 전사자 가족 찾아주기 사업'에 신청 서류를 내면서 알게 되었다고 주장했다. 이 사실을 뒷받침하기 위해 단장님 가족의 사연을 잘 알고 있는 고향 마을 사람들 전체가 나서서 인우보증을 서주었다.

근 1년 만에 전주지방법원으로부터 6·25전쟁 때 전사한 분이 단장님의 친아버지라는 확정판결을 받았다. 전사하신 아버지가 단장님의 호적에 기록되자, 자동으로 원호대상자가 되어 유족연금도 받을 수 있었다. 단장님은 어린 나이에 객지에서 고아처럼 떠돌며 고단한 삶을 살다가, 육십이 넘어서야 친아버지를 국가로부터 공식적으로 인정받았다. 호적 정리가 끝나자, 나를 찾아와 눈물을 글썽였다.

"내게는 박 주임이 나라님이여……."

그로부터 10년이 지나서 나는 동장이 되어 망우본동으로 돌아 왔다. 전화했더니 깜짝 놀라며 반가워했다. 단장님은 칠순이 넘 었고, 단체에서 고문으로 물러나 있었다. 그때나 지금이나 웃는 모습은 그대로였다.

퇴임을 일주일 앞두고 동장실에 모셔 차를 대접했다. 웃음 띤 얼굴에서 찐한 사투리가 줄줄 나왔다.

"얼마 전 이우재 친구가 친정엄마 죽고 나서 맨날 찡찡대드면. 내가 그랬제. 나 같은 사람은 친정 부모 얼굴도 모르고 사요. 그 럼서 속엣말 했더니, 항상 웃고 댕겨서 그런 줄 몰랐다고 허드면. 원래 내가 속이 없어서 그러요."

7년 전부터 영감님이 중풍 맞아 거동이 불편해져 칠십 넘은 나 이에 운전면허를 땄다.

"가차운 디는 걸어 댕겨. 비틀거려서 한 손을 잡고 앞에서 *끄꼬* 댕긴디, 그걸 이우재서 봤덩개비여. 부부 금실이 좋탁허드면. 누 가 좋아서 손잡고 댕기가니? 영감태기가 젊어서는 안 그러등면 안 자빠질라고 어쭈고 손목을 대게 잡든지 아퍼 죽겄어."

그런저런 공으로 고문님을 2019년도 '자랑스러운 중랑구민대 상' 후보자로 추천했다. 1년에 네 명 받는데, 고문님이 봉사 부문 수상자로 선정되었다. 2019년 5월 24일, 서울장미축제 첫날 중랑천 둔치 행사장을 가득 메운 구민들 앞에서 표창장이 수여되었다. 나는 시상식 무대에 선 고문님의 모습을 관중석에서 지켜보았다. 무대는 수상자와 가족들이 꽃다발을 주고받거나 사진을 찍느라 분주했다. 고문님은 즐거워하면서도, 마치 돌잔치 맞은 아기처럼 어리둥절한 표정을 짓기도 했다. 수많은 관중이 모인 가운데 무대에 올라 상을 받고 축하를 받으니 혼란스러웠을 것이다.

나는 딸과 부인을 두고 6·25전쟁에서 전사한 그분의 아버지를 생각했다. 막냇자식 울음소리는 구천에서도 들린다는데, 죽음을 목전에 둔 새파란 병사는 집에 두고 온 어린 딸이 얼마나 눈에 밟혔을까. 이제 그 젖먹이 딸이 70세 노인이 되어 오랫동안 이웃을 위해 봉사한 공으로 서울장미축제 첫째 날 행사의 주인공이 되었다.

다음 고개

돌고 도는 인생 한 걸음 한 걸음

27년 전 9급 공무원 때가 생각났다. 개선 과제 발표장에서 주무 부서장에게 면박당한 후, 앞으로 다시는 과제를 내지 않겠다고 다짐했었다. 그런데 얄궂게도 이번에는 내가 그 업무의 책임자가 되어 직원들에게 과제를 내달라고 사정하고 있다. 피하려 해도 피할 수 없는 것, 돌고 도는 것이 인생인가 보다. 사람의 앞일은 알 수가 없다.

우여곡절 6급 승진

공무원들은 승진했을 때 가장 큰 보람을 느낀다. 급여도 오르지만, 호칭과 대우가 달라지기 때문이다. 나는 2010년 9월 1일, 동기들보다 3년 정도 늦게 6급으로 승진했다.

공무원들의 승진은 상·하반기로 나누어 1년에 두 번 있다. 승진 시기가 되면 대상자 전체를 한 줄로 세워 서열을 매긴다. 서열이 승진 예정 인원의 배수 안에 들어야 승진 심사 대상자에 낄 수 있다. 승진이 가능한 서열에 들어가려면 먼저 근무 평점을 잘 받아야 한다. 인사팀에서 4월과 10월에 직원들의 근무 평점을 매긴다. 주요 부서에 근무해야 근무 평점을 잘 받을 수 있다. 또는 일이 많은 걸 모두가 인정하는 부서에서 힘든 업무를 해야 좋은 평점을 받을 수 있다. 그러므로 여러 요인을 고려해서 승진하기에 유리한 곳으로 발령 내줄 수 있는 인사 부서의 영향력이 크다.

나는 근무 평점을 관리할 시기에 민원실 호적계에 4년 넘게 처박혀 있었다. 승진 시기마다 대상자 명부에 내 이름은 없었다. 어떤 직원들은 눈치 없이 나를 위로한답시고, 박 주임은 왜 아직도 대상자 명부에 없느냐고 물었다. 그럴 때마다 복장이 터졌다. 승진할 시기가 지났는데도 대상자 명부에 들어가지 못하는 것은 조직에서 찍혔거나, 업무 능력을 인정받지 못했거나 둘 중 하나임이 분명했기 때문이다. 그렇더라도 나름대로 노력해 보기로 했다. 당시 인기 있는 책 한 권을 사서 들고 총무과장을 찾아가 솔직하게 말했다.

"동기들은 승진하는데, 저는 대상자에도 못 들어가고 있습니다. 나이도 많아서 후배들 보기가 창피합니다. 근평 잘 받을 수 있는 곳으로 보내주십시오."

내 처지가 딱해 보였던지, 경쟁자가 없는 망우2동으로 발령을 내주었다. 망우2동에서 서무주임 보직을 받아 비로소 근평 관리를 할 수 있었다. 망우2동으로 발령 나고 6개월 후인 2008년 1월 1일부로 망우1동과 망우2동이 통합되어 망우본동이 되었다. 통합 과정에서 행정 처리, 이사 등 여러 가지 업무를 추진한 실적도 있고, 동장도 나의 승진을 위해 적극적으로 나서주었다. 지역구 국회의원도 거들었다고 들었다. 그렇게 승진 심사 대상자에 들어가고도 두 번 더 낙방했고, 세 번째에야 6급으로 승진했다.

승진 발령장 수여식이 있으니 구청으로 들어오라고 했다. 나름 예의를 갖추려고 군청색 정장을 입고 갔다. 발령장을 받으러 온 직원들을 보니, 나보다 한참 후배들이어서 거기서도 속이 상했다. 사회자가 차례대로 대상자를 호명하면 구청장 앞에 선다. 내용을 읽고 나면 구청장이 발령장을 주고 악수한 뒤, 자리로 돌아온다. 내 차례가 되었다. 구청장이 내 얼굴을 힐끔 보더니, 나직한 목소리로 신음하듯 "박성태~엑"이라고 읊조렸다. 사회자가 "지방행정 주사보 박성택, 지방행정 주사로 명함. 2010월 9월 1일자"라고 내용을 읽자, 발령장을 건넸다.

구청장이 내 이름을 읊조린 것이 신경 쓰였다. 그렇게 한 이유는 둘 중 하나라고 생각했다. 저놈은 일은 곧잘 하는 놈인데 승진이 늦었다. 아니면, 승진시켜서는 안 될 놈인데 승진시켰다. 각각의 이유가 있었다. 구청장이 부구청장이었을 때 나를 칭찬한 일이 있었고, 내가 7급 때는 직장협의회 간부로 있으면서 완전히 찍혔기 때문이다.

기초자치단체에서 6급 공무원은 초급 관리자가 되었다는 것을 의미한다. 국가나 광역자치단체에서 6급은 실무자이나, 구에서는 팀 관리자로서 팀 업무를 책임진다. 팀이 당면한 업무의 문제점을 파악해야 하고, 대책과 복안을 마련해야 한다. 기관장이 정확하게 판단할 수 있도록 현안에 대하여 종합적인 검토 보고서도 작성해야 한다. 과장 부재 시 직접 보고해야 하고, 기관장의 지시를 업무에 반영해야 한다.

승진했지만 팀장 보직은 받을 수 없었다. 승진이 적체되어 보직 자리보다 더 많은 인원을 승진시켰기 때문이다. 통상 2년 정도 보직 없이 실무 주사로 일하게 된다. 6급으로 승진함과 동시에 구청 문화체육과로 발령 났다. 망우2동주민센터에서부터 나중에 통합된 망우본동주민센터까지 3년 넘게 근무하면서 열심히 일했고, 많이 늦긴 했지만 우여곡절 끝에 6급 승진에 성공했다. 6급으로 승진은 했으나, 실무자인지라 같은 6급인 나이 어린 팀장에게 결재를 받아야 했다. 후배에게 결재를 받으려니 자존심이 상했지만, 계급사회에서는 어쩔 수 없다.

구청 행사와 중앙 정치의 관계

2010년 9월 13일, 구청 문화체육과로 발령 났다. 문화원 운영 지원, 구립 여성합창단 운영 관리, 문화재 수리 업무를 담당했다. 과장은 내가 경험이 많다는 이유로 직원들이 싫어하는 업무를 맡겼다. 그때 문화재 수리 업무는 좋은 경험이었다. 묵1동 법장사에 소장된 서울시 지정문화재 320호 '법장사 아미타괘불도'가 하와이 종벌레로 심하게 훼손되어 가고 있었다. 수리업체를 오가면서 보존 처리와 훼손 부분 수리 과정을 감독한 일이 인상 깊었다. 주지이셨던 '퇴휴 스님'께서는 아미타괘불도에 읽힌 이야기를 재미있게 들려주셨다.

2011년은 제18대 대통령 선거를 1년 앞둔 해여서, 각 정당에서 대통령이 되겠다는 후보들이 부지런히 움직일 때였다. 당시 법륜 스님의 전국 순회강연인 '법륜 스님의 즉문즉설'이 대중들 사이에서 인기가 높았다. 정토회 관계자가 중랑구에서 스님의 강연을 열고자 하니 협조해 달라는 요청을 보냈다. 과장이 구청장께 보고하여 승낙을 얻었다. 구청 강당에서 열기로 하고 날짜를 정했다. 행사 홍보 플래카드를 내거는 등 모든 일이 순조롭게 진행되고 있었다.

그런데 황당한 일이 벌어졌다. 행사를 일주일 남겨두고 갑자기 행사를 취소하라는 지시가 떨어졌다. 윗분의 호출을 받고 올라갔던 과장이 한참 후에 돌아오더니 괴로운 표정으로 말했다.

"즉문즉설 행사 취소하래. 이유는 묻지 말아줘."

행사 준비에 바쁘던 팀원들은 멍하니 서로 얼굴만 쳐다봤다. 위에서 지시가 내려오면 위법이 아닌 이상 거부할 수 없는 게 공무원 조직의 생리다. 나는 업무 담당이라 뒷수습을 해야 했다. 조심스럽게 정토회 관계자에게 전화했다. 갑자기 사정이 생겨서 강연회를 취소하겠다고 말했다. 관계자가 깜짝 놀랐다. 전국 순회 강연 일정에 맞추어 계획을 잡았고, 돈 들여 현수막까지 걸었는데 웬 말이냐며 흥분했다. 이럴 때 공무원은 눈치 없이 내부 사정을 그대로 말해서는 안 된다. 나는 그저 무조건 죄송하다는 말만 앵무새처럼 반복했다. 그는 어이없어하더니 되돌릴 수 없다고 판단했는지 포기했다. 정말 미안하고 부끄러웠다.

취소된 내막은 이랬다. 구청장이 속한 정당의 지역구 지구당에서 압력을 넣었다. 지구당위원장은 구청장의 공천권을 쥐고 있으니 뜻을 거스를 수 없다. 구청장은 보수정당 소속인데, 법륜 스님은 다른 당 대선 후보군이던 안철수의 멘토라고 언론에 보도되었다. 스님은 당시 대학생들에게 많은 인기를 끌었던 '청춘 콘서트'를 기획했다. 또한, 평화통일과 양극화 해소라는 큰 시대적 과제를 해결하기 위해 활발하게 움직였다. 이런 요인들이 보수정당의 정책 방향과 맞지 않는다는 결론을 내게 하지 않았을까 싶다. 상대 당을 이롭게 하는 행사에 다른 당 소속 기관장이 협조하기는 곤란했을 것이다.

구청에서는 구민을 대상으로 행사를 기획할 때 정당의 이해득실을 따지지 않는다. 솔직히 구청 단위에서 중앙 정치의 복잡한 정치적 함수관계를 어떻게 알겠는가? 구민에게 유익한 행사를 여건이 되는 한도에서 추진하면 되는 것이다. 구청에서 확정된 행사를 눈앞에 두고, 정치 이해관계 때문에 취소시킴으로써 인력과 예산을 낭비했다. 무엇보다도 법륜 스님의 '즉문즉설' 강연을 원하는 구민에게 실망을 안겼고, 행정의 신뢰도를 떨어뜨렸다.

〈전국노래자랑〉예비 심사

2010년 12월, 갑자기 KBS에서 〈전국노래자랑〉 섭외가 들어왔다. 원래 지방 녹화가 계획되어 있었는데 강추위가 예상되어 취소되었다며 대체지로 우리 구를 선정하고 개최할 수 있는지 의사를 타진해 온 것이다. 겨울철이라 별 행사가 없었을뿐더러, 오랜만에 오는 기회라서 환영했다. 우리 팀 일이고 일정이 촉박해 발등에 불이 떨어졌다.

나는 노래자랑 출연 신청자 접수와 예비 심사를 담당했다. 접수 기간이 일주일에 불과했는데도 400명이 넘게 신청했다. 일하느라 정신없던 와중에 친한 고향 형님의 전화가 왔다. 딸이 출연 신청했으니 잘 봐달라는 것이었다. 나는 심사와는 무관하고 행정 지원만 한다 했더니, 공무원이 심사위원에게 부탁하면 도움이 되지 않겠냐고 해서 알았다고만 했다.

〈전국노래자랑〉은 예비 심사가 더 재미있다. 예심은 오전 10시에 시작되어 온종일 진행되었다. 아침 일찍부터 사람들이 몰려들어 구청 강당 497석을 꽉 채우고 통로까지 가득 메웠다. 강당은 사람들의 열기로 후끈 달아올랐다. 출연자들은 30초 이내에 실력과 끼를 보여줘야 한다. 10초 만에 탈락하는 사람도 있었다. 출연자들의 온갖 실수에 관객들은 폭소를 터뜨렸다. 일요일 낮에 전국민을 대상으로 방영되므로 노래 실력도 중요하지만 재미있어야 한다고 했다.

형님의 부탁을 받았지만 예심을 담당하는 방송 관계자에게는 아무 말도 하지 않았다. 형님의 딸이 노래할 순서가 되었다. 노래를 들어보니 보통 실력이 아니었다. 레게풍의 노래를 완벽하게 소화했는데, 평소 〈전국노래자랑〉을 즐겨 보는 사람들이 듣기에는 좀 거리감이 있었다. 그래도 목소리와 율동이 다른 출연자들과는 확연히 구별되어 예선은 통과할 줄 알았다. 그러나 결국 예선을 통과하지 못했다.

예심이 끝나고 방송국 관계자들과 우리 부서 직원들이 함께 늦은 저녁 식사를 했다. 담당 PD에게 형님의 딸에 대해 슬쩍 물었다. PD는 그를 기억하고 있었다. 어려운 음악을 잘 소화해서 좀 망설였는데, 수준이 너무 높아 탈락시켰다고 했다. 일반 대중들 수준이 아니라 일부 음악 애호가 수준이라는 것이었다. 내가 잘 아는 형님의 딸인데 부탁받았다고 했더니, PD는 왜 미리 알려주지 않았냐고 했다.

　내가 주변머리가 없는 것은 확실한 것 같다. 형님의 부탁에 대답은 했지만 심사관에게 전하지 않았다. 다음 날 자기 딸이 예심에서 떨어진 사실을 안 형님이 나에게 전화해 서운하다고 했다. 나는 따님의 음악 수준이 너무 높아 구민들의 눈높이에 맞지 않아 탈락시켰다는 PD의 말을 전하며 위로했다. 그 후에도 만날 때마다 몇 차례 더 언급한 걸 보면, 많이 섭섭했던 모양이다.

대한민국에서의 가방끈

6급으로 승진한 김에 새로운 마음으로 나를 업그레이드할 방법을 찾던 중, 제도권 공부를 더 하기로 했다. 나는 고졸이라서 속칭 가방끈이 짧다는 콤플렉스가 있었다. 대학 나온 친구들이 '학번', '학점', '엠티' 같은 용어를 사용할 때마다 열등의식에서 나오는 자격지심을 느꼈다.

2003년 3월 10일, '노무현 대통령과 검사와의 대화'가 공중파 방송을 통해 전국에 생중계되었다. 어떤 검사가 대통령의 학번을 물었다. 전 국민이 지켜보는 가운데, 대학을 나오지 않은 대통령에게 대화 주제와 관계없는 학번을 언급한 것이다. 그 검사는 고졸 출신인 대통령을 은근히 무시하는 듯했다. 질문자의 인격이 의심되는 상황이었지만, 한편으로 한국 사회에 학벌주의가 존재하는 것은 엄연한 현실이었다.

통계청 자료에 의하면, 한국에서 1959년에 출생한 사람이 100만 명이다. 그중 11세까지 생존한 사람은 89만 명, 4년제 대학 진학자는 17만 명, 2년제 대학 진학자는 17만 5천 명이다. 즉, 내 또래에 4년제 대학 나온 사람은 전체 출생자의 17퍼센트에 불과하다. 남아 선호사상이 있었기 때문에 여성은 훨씬 더 적을 것이다. 1970년대 시골의 가난한 집에서 자란 우리 세대의 누나들은 겨우 초등학교만 졸업했다. 누나들은 집 떠나 서울이나 부산 등 대도시에서 버스 안내양이 되거나, 공장에 들어가 힘든 일을 했다. 하루 열두 시간 이상 일하고 번 돈으로 남동생들 고등학교, 대학교 공부를 시킨 경우가 허다했다. 가난한 집에서 태어나 대학 공부를 못 한 것은 죄가 아니다. 대학을 못 나왔다고 무시당하고 차별받는 사회는 미성숙한 사회다.

2011년에 한국방송통신대학교 법학과에 등록했다. 법학과를 선택한 이유는 다양한 법률 지식을 쌓기 위해서였다. 향후 팀장 보직을 받으면 공부할 시간이 더 생길 것이고, 자기 발전을 위한 시간으로 활용하려고 했다.

감동의 수업, 실망의 수업

방송통신대학교를 졸업하려면 학교에서 요구하는 시간표에 충실히 따라야 한다. 꾸준히 방송 수업을 듣고 틈틈이 교재도 봐야 한다. 학기마다 실시하는 출석 수업에도 빠지지 않아야 한다. 기말고사에서 과락이 나온 과목은 다음 학기에 재수강해야 한다. 특수한 대학이니 그렇겠지만, 방송통신대학교만큼 학점 관리가 엄격한 대학은 없을 것이다. 그런데 사람이 살다 보면 예기치 않은 일이 생기게 마련이다. 학생들이 거의 직장인들이기 때문에 출석 수업에 맞추어 휴가 내기가 어렵다. 그렇기에 방송대학을 4년 만에 졸업하는 학생이 드물다고 한다.

나는 독하게 마음먹고 학교 커리큘럼에 충실히 따랐다. 여가의 최우선 순위를 방송 수업에 두었다. 출석 수업도 착실하게 들었고, 수업 후 치르는 주관식 시험도 성의 있게 써냈다. 교내에서 주관한 독후감 대회에 참가하여 우수상을 받기도 했다. 시상식 날 학장이 수상자들을 점심 식사에 초대했다. 직장 다니랴 공부 하랴 바쁠 텐데, 대회에 참가해서 입상까지 한 것을 높이 산다며 격려했다. 나는 4년 만에 방송대학 학사과정을 이수하고 법학사 학위를 받았다.

방송대 출석 수업은 수강 과목별로 한 학기에 네 시간이다. 교 수님의 얼굴을 직접 바라보며 수업받는 기회가 딱 한 번인 것이 다. 방송 강의만 듣다가 출석 수업 시기가 다가오면 기대감에 부 풀었다. 출석 수업 기간만큼은 나도 대학생이라고 느꼈다.

출석 수업을 하신 교수님 중에서 지금까지도 잊히지 않는 두 분이 있다. 한 분은 형사소송법을 가르쳤는데, 수업 시작 전에 진 지하게 말했다.

"여러분들에게 주어진 네 시간 동안 어떻게 수업해야 형사소송 법의 핵심을 가르칠지 고민하다가 어제 밤잠을 설쳤습니다."

그리고 준비된 자료를 넘겨가며 열심히 강의했다. 나중에 강의 를 마치면서는 고뇌에 찬 표정으로 이렇게 말했다.

"제 머릿속은 형소법 교수로서 연구한 인간 세상에서 일어나는 온갖 추악하고 더러운 사례들로 꽉 차 있습니다. 여러분들도 법학 을 공부하시니, 제가 수업에서 제시한 사례들을 여러분들 같으면 어떻게 풀어가야 할지 함께 고민하는 시간이었기를 바랍니다."

다른 한 분은 수업 시작 전에 이렇게 말했다.

"아, 어제저녁에 회식이 있어서 교수님들이랑 밤늦게까지 술을 마셨더니, 머릿속이 맑지 않네요. 이해해 주실 거죠?"

밤늦도록 음주했으니 강의 준비가 제대로 됐을 턱이 없었다. 수업을 들었는데도 무슨 과목이었는지 기억나지 않고, 무슨 말을 들었는지 한마디도 생각나지 않는다. 나이 먹은 직장인들이 어렵게 시간 내서 어떻게든 배워보겠다고 출석 수업에 참석했는데, 한 학기에 딱 한 번 있는 수업을 저렇게 진행하는구나. 같은 학교 교수인데도 어떤 분은 감동을 안겨주었고, 어떤 분은 실망을 안겨주었다.

알코올 중독자 수용소로 보내주세요

2012년 4월 초, 당직 차례가 돌아와 퇴근 후 당직실에서 근무할 때였다. 밤 10시쯤이었는데 20대 청년이 청사에 들어와 현관에서 서성거렸다. 무슨 일로 오셨냐고 물으니, 대뜸 자기를 알코올 중독자 수용소로 보내달라고 했다.

서울시에는 알코올 중독자들을 수용하는 여러 시설이 있다. 정신질환을 동반한 주취자는 서울시 은평병원, 일반 주취자는 동부병원·보라매병원·서울의료원 등에 입원시킨다. 시설 입원의 경우, 대개 본인이 입원을 거부한다. 최근에는 인권 문제로 입원 요건이 강화되었다.

야간에 당직 근무를 하다 보면 가끔 알코올 중독자가 노상에 쓰러져 있다는 신고가 들어온다. 현장에 나가 연고자를 찾아보고 연락이 안 되는 경우, 서울시에서 운영하는 병원에 인계한다. 그런데 이 청년처럼 자발적으로 들어가기를 원하는 경우는 한 번도 없었다.

나는 그 청년을 당직실 안으로 들어오게 해서 사연을 들었다. 나이는 스물네 살이라고 했다. 훤칠한 키에 용모도 준수했으나, 왼쪽 다리를 약간 절었다. 그는 어렸을 때 지방의 보육원에서 자랐다. 고등학교를 졸업하자 보육원을 나와야 했다. 열아홉 살에 아무런 연고도 없는 서울로 무작정 올라왔다. 특별한 기술도 없고, 장래 진로에 대해 의논할 만한 사람도 없었다. 길거리 광고물을 보고 유흥업소에 들어갔다. 그가 처음으로 일한 곳은 강남의 호스트바였다. 열아홉 살 풋내기 청년이 사회의 어두운 곳에 첫발을 내디딘 것이다.

낮에는 사우나에서 자고 밤에는 호스트바에서 일했다. 그가 상대했던 고객들은 돈 많은 사모님이나 유흥업소에 종사하는 여성들이었다. 술 시중 뒤에는 으레 2차를 나갔다. 때로는 성에 굶주린 여성들에게 밤새도록 착취를 당했다. 유흥업소 여성들에게서는 그녀들이 남성 고객들에게 당한 온갖 못된 장난을 다 받아줘야 했다. 그는 자기 또래 여성과 정상적인 연애를 해보지 못했다. 이성과의 사랑을 알기도 전에, 자기 의사와 관계없이 너무 많은 것들을, 너무 일찍 경험해 버렸다. 돈이 많이 생겼으나, 미래를 설계하거나 저축을 할 생각은 없었다.

밤새 시달리다 아침이 되면 사우나 바닥에 퍼져 잤다. 오후가 되면 공허한 마음을 달래려고 술을 마셨다. 술에 취하면 마음 한 구석으로부터 알 수 없는 분노가 치밀어 올랐다. 성격도 공격적으로 변했다. 누가 시비 걸면 닥치는 대로 싸웠다. 그런 생활을 3년간 계속했다. 어느 날 싸우다가 깨진 병 유리 조각에 왼쪽 발 아킬레스건을 찔렸다. 치료는 했으나 후유증으로 다리를 절게 되었고, 호스트바에서 해고되었다. 먹고살기 위해 공사장을 전전했다. 그러나 경험이 없는 데다 다리까지 불편하니 잘 써주지를 않았다. 좌절감을 술로 달랬다. 밥은 굶어도 술은 마셔야 했다. 돈을 벌 수 없게 되자 구걸했고, 구걸해서 받은 돈으로 술을 사 마셨다. 이제는 술을 안 마시면 살 수 없게 되었다. 몇 번이나 죽어버릴까도 생각했다. 그러다 구청에 가면 수용소로 보내준다는 소문을 듣고 오게 되었다. 죽기 전에 술을 끊고 싶으니, 알코올 중독자 수용소로 보내달라고 했다.

이야기를 듣다 보니 자정이 훨씬 넘었다. 오늘 밤은 여기서 지내고, 내일 시립병원에 가라고 병원 주소를 적어서 주었다. 그는 스물네 살 청년이었지만 정서적으로는 어린아이였다. 자네는 젊으니 충분히 술을 끊을 수 있다. 마음 굳게 먹고 금주에 성공해서 적성에 맞는 기술을 배워 다시 시작하라며 달랬다. 말은 그렇게 했지만, 그런 청년을 재활시킬 제도나 시설이 떠오르지 않았다.

당직실 소파에서 밤을 보내고 아침이 되자 그를 데리고 나갔다. 구청 옆 순대국밥 집에서 국밥을 사 먹였다. 식당에서 나와 그에게 만 원짜리 한 장을 주면서 잘 가라고 했다. 그 청년이 물었다.

"아저씨는 내게 왜 이렇게 잘해주세요?"

나는 웃으며 돌아섰다. 당직실로 돌아오다 뒤돌아보니, 그 청년이 다리를 절룩거리면서 버스 정류장을 향해 걸어가고 있었다. 스스로 알코올 중독자임을 인정하고 있고 재활할 의지도 있으니 어떻게든 다시 일어설 수 있을 것이다.

추자도 올레길에서 만난 슬픈 역사

서울특별시 공무원 산악회에서 2013년 6월 21일부터 23일까지 추자도 올레길 걷기 참가자를 모집했다. 새로 만난 아내가 추자도에 가볼 좋은 기회라며 함께 가자고 졸랐다. 가본 적이 없던 곳이라 호기심에 따라나섰다.

6월 21일 밤 11시, 우리를 태운 버스가 서울시청 광장을 출발했다. 화려한 불빛으로 장식된 제3한강교를 통과한 버스는 밤새 남으로 내달렸다. 비몽사몽 어슴푸레한 아침에 완도항에 도착했다. 아침밥을 먹고 추자도행 카페리호에 올랐다. 호수처럼 잔잔한 바다를 두어 시간 달리니 추자도 신항에 도착했다.

인간은 낯선 곳에 가면 불안해한다. 불안하기 때문에 서로 돕고 의지하게 된다. 낯선 곳으로의 여행은 사람을 겸손하게 하는 것 같다. 첫날 추자도는 짙은 안개에 둘러싸여 있어서 섬 트래킹의 묘미인 사방 바다 조망을 하지 못해 아쉬웠다. 한 번에 다 얻어 가려는 건 욕심이다. 추자도 여행은 줄무늬 벵에돔을 낚을 수 있기에 낚시꾼들의 로망이란다. 날씨가 도와줘야 하므로 가기가 쉽지 않다.

일행은 상추자도 항구를 출발하여 올레길 코스를 따라 걸었다. 추자대교를 지나 돈대산을 등산하고 신양리 입구에 도착했다. 신양리 입구에서 승합차를 타고 좁은 산길을 10여 분 지나니, 황경헌의 묘역에 도착했다. 몰랐던 사실을 알게 되는 것은 기쁨이 될 수 있지만, 때로는 고통이 될 수도 있다. 그 사실이 가슴 아픈 사연이라면 더욱 그렇다. 우리는 추자도에서 다산 정약용 후손의 슬픈 이야기를 알게 되었다. 다산의 배다른 조카 손자 황경헌에 관한 이야기다.

조선 시대 한양의 명문가 집안이자 진주목사를 지냈던 정재원의 첫 번째 부인 의령 남씨는 정약현을 낳고 사망했다. 정재원은 두 번째 부인으로 공재 윤두서의 손녀인 해남 윤씨를 얻었다. 해남 윤씨는 약전, 약종, 약용을 낳았다. 정약현은 부인 경주 이씨와의 사이에 딸 정난주를 두었으니, 다산에게 조카딸이다.

1801년, 신유사옥으로 천주교 신도들에게 박해가 있자, 정난주의 남편 황사영은 제천으로 도피했다. 이후 황사영이 박해 사실을 명주 천에 적어 북경에 있던 구베아 주교에게 전하려다 발각되는데, 이 사건이 '황사영의 백서 사건'이다. 이 사건으로 황사영은 서소문 밖에서 능지처참당한다. 정난주는 그해 9월에, 두 살된 아들 황경헌을 안고 제주도로 유배된다. 대역죄인은 3족을 멸하는데, 정난주는 젖먹이가 있어서 사형을 면했다는 설이 있다. 정난주의 숙부들 중 정약종은 처형되었고, 고문 끝에 간신히 살아남은 정약전은 흑산도로, 정약용은 강진으로 유배되었다. 정난주의 시가와 친가 모두가 풍비박산해 버렸다는 내용까지는 역사적 사실이다.

관노비 신세가 되어 제주도로 유배되며 정난주는 아들의 운명을 걱정했을 것이다. 관노비의 자식, 그것도 대역죄인의 자식이라 무사하지 못하리라고 판단했을 것이다. 유배선이 추자도에서 잠깐 쉴 때, 사공들에게 패물을 주면서 강보에 싸인 아들 황경헌을 추자도에 내려놓고 상부에는 가는 중에 죽어서 수장시켰다고 둘러대 달라고 부탁했다. 사공들은 추자도 예초리 '물생이 끝'이라는 바닷가 갯바위에 황경헌을 내려놓았다.

음력 9월, 싸늘한 바닷바람은 갯바위에 홀로 놓인 경헌을 크게 울게 했을 것이다. 울음소리가 파도 소리에 묻히지 않고 촌부의 귀를 울렸다. 오상선이라는 어부가 근처에 쇠꼴을 베러 왔다가 우는 아기를 발견했다. 아기의 옷섶에는 이름, 부모, 출생일시 등이 적혀 있었다. 어부는 이 사실을 숨긴 채 경헌을 자식처럼 키웠다.

정난주는 제주도에서 37년간 관노비로 살다 생을 마감했다. 당시 조선의 백성들은 90퍼센트 이상이 문맹이었다. 소수의 양반과 관리들만이 한자로 된 정보를 독점하고 있었다. 정난주는 한양의 명문가 출신으로 글을 아는 여성이었다. 관에서는 글 모르는 백성과 관의 관계, 한양에서 오는 각종 공문서의 해석과 작성 등의 일에 있어 성리학적 지식이 높은 정난주를 필요로 했을 것이다. 관노비 담당 관리였던 김석구는 그녀에게 자식들 교육까지 맡겼다. 비록 노비 신분임에도 정난주는 높은 학식과 인품으로 주변의 존경을 받았다.

나는 '황경헌의 눈물'이라 불리는 약수가 흐르는 약수터에서 바다를 바라봤다. 옛날에 육지에서 온 배들이 추자도 예초리 작은 포구에 들러 쉬면서 식수나 음식물을 보충하고 제주도로 떠났다는 길목이 보였다. 황경헌이 자라서 어머니의 사연을 알게 되자, 틈만 나면 제주도에 유배 가신 어머니를 그리며 눈물지었다는 곳이 이 약수터 자리다. 황경헌이 흘린 눈물이 마르지 않는 약수가 되었다고 해서, 약수에 '황경헌의 눈물'이란 이름이 붙여졌다.

이야기는 과장되었지만, 전혀 황당한 것만은 아니다. 추자도에 뿌리내린 황경헌은 이후 두 아들을 두었고, 지금도 추자도에 그 후손들이 살고 있다. 황경헌의 후손과 그를 거둬준 오씨 가문 간에는 혼인이 금지되었다고 한다. 추자도의 때 묻지 않은 자연 속에는 19세기 초 조선에서 일어난 슬프고도 아름다운 이야기가 숨어 있었다. 훗날 누군가가 한 편의 영화로 만들어도 손색없는 탄탄한 스토리라고 생각한다.

메르스 사태의 맨 앞에서

2013년 7월 1일, 팀장 보직을 받아 재난안전관리팀 업무 책임자가 되었다. 6급으로 승진한 지 2년 10개월 만이었다. 재난안전관리팀장으로 근무하던 시기에 한국에서는 두 건의 큰 사건이 일어났다. 2014년 4월 16일, 세월호가 침몰하여 304명이 사망한 사건이 발생했다. 1년 후, 2015년 5월 20일에는 메르스(중동호흡기증후군) 감염병이 발생하여 186명이 감염되었고 38명이 사망했다.

세월호 사건으로 많은 사람이 희생되자, 안전에 대한 국민의 관심이 높아졌다. 정부에서는 각 기관과 지자체에 재난 전담 부서를 설치하라고 지시했다. 메르스 같은 감염병이나 대형 재난이 발생했을 때, 책임 전담 부서가 없으면 우왕좌왕하기 때문이다. 서울시 자치구의 경우, 메르스는 감염병이라 보건소에서 대처해야 하지만, 구청 전체 인력과 장비를 관리하고 운용하는 데 한계가 있었다. 중랑구는 2015년 1월 1일 직제를 개편하여 부구청장 직속으로 '안전총괄담당관'을 설치하여 대형 재난에 대비했다. 나는 첫 번째로 임명된 안전총괄팀장이었다.

세월호 사건 때는 TV 뉴스를 통해 진행 과정을 지켜보는 수밖에 없었지만, 메르스 사태 때는 초기부터 끝까지 최일선에 서야 했다. 중랑구에 있는 시립 서울의료원에는 감염병 환자를 격리할 수 있는 음압 병동이 있다. 서울 동북부 지역의 메르스 환자들은 서울의료원에 격리됐다. 나는 서울의료원에 입원한 메르스 환자 현황을 관리하고, 사망자를 벽제 화장터에 인계하는 일도 맡았다. 우리 부서 직원들은 메르스 첫 환자가 발생하여 12월 23일 정부에서 사태 종료를 선언할 때까지 7개월간을 비상근무했다. 매일 아침 구청장이 참석하는 메르스 종합대책회의를 열었다. 대책회의에서 보고되는 추진 사항과 문제점 등의 자료를 우리 팀에서 챙겨야 했다.

가장 힘들었던 일이 메르스 환자와 밀접 접촉한 사람을 자택에 격리하고 관리하는 일이었다. 중랑구에서 관리했던 자가격리자는 모두 476명이었다. 이분들은 14일 이상 지나도 메르스 감염 증상이 없으면 차례로 격리 해제됐다. 간혹 집 안에 갇혀서 외출을 금지당하는 자가격리자들이 답답함을 참지 못하고 외출을 시도한다는 보고가 들어왔다. 우리는 보건소 의료진과 함께 자가격리자를 방문하여 설득해야 했다. 방문하는 길에 격리자가 사용할 생필품을 가져갔다. 감염될 우려가 있어 접촉을 꺼리는데도 의료진들은 의연하게 격리자를 만나 상태를 확인했다. 집 안에 갇힌 상태라 정서적으로 불안한 그분들의 고충을 들어주고 진정시켰다. 자가격리자가 방문한 약국이 일정 기간 임시 휴업을 거부한다는 보고가 있었다. 보건소 의약과 직원과 현장에 나가서 협조를 구하여 잘 해결되었다. 보건소의 인력은 의사, 간호사, 약사 등 의료인들로 구성된다. 보건소는 지역의 병·의원과 약국을 관리·감독할 권한이 있어서 비상 시기에 의료업계를 관리 통제하는 데 큰 힘을 발휘했다.

메르스 사태 초기에는 다소 혼선이 있었다. 중랑구는 세월호 사건 이후 시스템을 갖춰놓았기 때문에 효과적으로 대처할 수 있었다. 책임 부서인 안전총괄담당관에서는 총괄 지원하고, 보건소는 의료 분야에 집중함으로써 메르스 사태가 종식될 때까지 차분하게 업무를 수행했다. 메르스 사태 기간에 관내의 서울의료원에 수용된 감염자 중에서 안타깝게도 열한 명이 사망했다. 메르스 사태가 지나간 후에도 우리 팀은 한동안 바빴다. 사태 기간에 적극적으로 협조한 병원 종사자들을 추천하여 서울특별시장 표창장 수여를 지원했다. 메르스 사태 전 대처 과정을 총정리해서 '메르스 백서'를 만든 후에야 비로소 메르스에서 벗어날 수 있었다.

오빠의 분골함을 든 자매들

2015년 6월 1일, 메르스 감염으로 사망자가 발생하기 시작했다. 최초 감염자와 접촉했던 감염자 두 명이 사망했다. 우리 구에 있는 서울의료원 음압 병동에 격리된 환자 가운데서도 사망자가 생겼다. 사람이 감염병으로 사망하면 비닐로 시신을 3중으로 감싼다. 보호 장구를 갖춘 방역 요원들이 시신을 구급차에 싣고 화장터에 인계하여 화장한다. 나와 방역 요원 두 명, 구급차 기사 한 명 등 네 명이 한 조가 되어 서울의료원에서 사망한 시신 11구를 벽제화장장으로 이송했다. 이 과정을 방송국에서 취재해 갔다. 기자의 질문에 내가 답하는 장면이 TV에 나왔다. TV에서 나를 본 지인들이 놀라 안부 전화를 했다.

사람이 죽는 것은 슬픈 일인데, 감염병으로 사망하면 더욱 그렇다. 장례를 치를 수 없기 때문이다. 감염자와 가족은 물론 그와 접촉한 사람들까지 모두 격리되고 시신은 화장된다. 감염병 사태가 종료될 때까지 가족들이 생이별하고 가정이 일시에 파괴되는 것이다. 더 큰 피해를 막으려면 어쩔 수 없다.

메르스 사태 때 알게 된 3남매의 사연이 잊히지 않는다. 오빠는 송파구에, 첫째 여동생은 독일에, 둘째 여동생은 마포구에 살았다. 독일에 거주하는 첫째 여동생은 2년에 한 번 정도 서울에 왔다. 그런데 하필이면 메르스 사태 기간에 방문했다. 오빠가 감염되어 서울의료원에 격리되었고, 오빠의 가족들은 자택에 격리되었다. 방문한 여동생은 마포의 동생 집에 머물고 있었다. 안타깝게도 오빠가 사망하여 두 자매에게 연락하여 시신의 신원을 확인시켰다. 우리는 두 자매와 함께 오빠의 시신을 구급차에 싣고 벽제화장장으로 이동하여 관계자에게 시신을 인계했다.

두어 시간이 지나자, 관계자가 재로 변한 오빠의 분골함을 두 자매에게 인계했다. 나는 두 자매의 귀가를 위해 택시를 불렀다. 그런데 규정상 인골은 택시로 이송할 수 없다고 했다. 뼛가루에 불과해도 사망자를 화물 취급하는 것은 금지되었기 때문이다. 벽제화장장 옆에 있는 119에 부탁했다. 119 구급차는 이송 대상이 응급환자이므로 사망자는 이송할 수 없다고 했다. 우리 보건소 구급차는 시신을 내려놓고 다른 임무가 있어 복귀했고 나와 자매만 남았다. 서울시 담당자에게 사정 이야기를 하니, 해당 보건소와 협조하여 처리하라고 했다. 나는 사망자가 거주하는 송파구 보건소와 동생이 거주하는 마포구 보건소 담당자들에게 전화를 걸었다. 그러나 이미 오후 5시가 넘어, 퇴근 시간 전까지 화장장을 오갈 수 없었기에 기사들이 오기를 꺼렸고, 담당자들도 적극적으로 도와주지 않았다. 나는 상황을 설명하고 도와달라고 부탁했다. 이런저런 핑계를 대며 어렵다고 하는 것에 슬며시 화가 났다. 메르스로 온 나라가 비상이고 유족들은 슬픔에 빠져 있는데, 상황 파악을 못 하는 일부 공무원들의 태도에 분개했다. 나는 목소리를 높였다. 당신들 구민이 사망해서 유족이 분골함을 가지고 집에 가야 한다, 이렇게 비협조적으로 나오면 그냥 넘어가지 않겠다, 구청장님께 보고하여 문책하겠다고 엄포를 놓았다. 내가 공무원들과 싸우는 모습을 두 자매가 옆에서 지켜보고 있었다. 엄포가 통했는지, 둘째 동생이 거주하는 마포구 보건소에서 구급차를 보냈다는 연락이 왔다.

한참 기다리니 마포구청 구급차가 도착했다. 두 자매는 오빠의 분골함을 들고 나에게 허리 굽혀 인사한 뒤 떠났다. 나는 시청 담당자와 카카오톡으로 처리 과정을 공유했다. 시청 직원은 끝까지 잘해줘서 고맙다며 '엄지 척!' 이티모콘을 보냈다. 일이 마무리되자 여름 해는 지고, 인적이 끊긴 화장장에 어둠이 내려오고 있었다. 을씨년스러운 화장장을 걸어 내려와 팀원이 끌고 온 승용차로 구청에 복귀했다. 독일에서 오빠를 만나러 고국에 왔다가, 오빠의 분골함을 받아 들고 기가 막혔던지 울지도 못하던 두 자매가 마음에 걸렸다.

메르스 사태가 끝나갈 무렵, 한 통의 항공 우편엽서가 날아왔다. 독일로 돌아간 사망자의 큰여동생이 내게 보낸 과분한 감사 인사였다.

"당황한 처지에 몰린 메르스 환자 보호자를 그렇게 성의 있게 돌봐주신 그 신념과 용기와 인내에 이루 다 말로 표현할 수 없었던 고마움을 이제라도 전하고 싶어서 늦었지만 몇 자 적습니다. 그날, 그 수고가 서울을 더욱 따뜻하고 살기 좋은, 인정 있는, 고향으로/고국으로 만드는 것 같습니다. 뜨거운 뼛가루 상자를 안고 우리 두 자매는 말을 잊어버렸었습니다. 정말로 고맙습니다. 이런 감사의 인사가 박 계장님이 앞으로 계속 일하시는 데 작은 격려가 되기를 빕니다. 늘 건강하십시오. 10. Aug. 2015. 김영숙·김영희 드림"

스승과 친구는 하나

2015년은 내게 대학원 입학이라는 큰 변화가 있었다. 석사과정을 마친 딸이 박사과정을 밟으면서 내게도 공부를 더 하라고 했다. 아내도 방송대를 졸업했으니, 기왕 시작한 공부를 계속하라고 추임새를 넣었다. 처음에는 내 나이에 또 무슨 대학원이냐, 방송대 다니기도 힘들었다고 고개를 저었다. 그러다가 딸에게, 네가 박사학위를 받으면 나도 석사학위를 받겠다는 조건을 걸었다.

대학원에 가게 된 또 다른 이유가 있었다. 그 시기에 공무원 임용 동기들은 사무관으로 승진했거나 승진 대상자가 되었다. 승진 시기마다 희망이 없거나 승진에서 떨어진 동기들끼리 만나, 신세를 한탄하며 울적한 기분을 술로 달래곤 했다. 발전을 위한 새로운 돌파구를 찾아야 했다. 그렇게 해서 55세에 일반 전형으로 서울시립대학교 도시과학대학원 문화예술관광학과에 입학하게 되었다.

우리 학과 학생 열네 명 중 내가 가장 연장자였다. 딸 같은 나이인 이십 대에서 오십 대까지의 연령대가 골고루 분포되었다. 동기들은 나를 오빠나 형님이라고 불렀는데, 이십 대들에게는 아저씨라고 부르라 하니 삼촌이라고 했다. 수업은 일주일에 두 번 있었고, 끝나면 밤 10시가 넘었다. 종종 교수님들과 학생들이 함께 학교 앞 대폿집에서 술자리를 가졌다. 교수님들은 권위를 내세우지 않았고 소탈했다. 우리는 어묵이나 라면 국물을 안주 삼아 밤늦도록 대화하고 토론했다. 고전평론가 고미숙 박사가 인용한 명나라 사상가 이탁오의 글이 떠올랐다.

"노년에 필요한 건 우정과 철학이다. 친구 관계는 지성이 있어야 한다. 스승과 친구는 하나여야 한다. 친구이면서 스승이 될 수 없다면 진정한 친구가 아니다."

나는 나이 들어 공부하면서 이를 실천한다는 기분이 들어서 좋았다. 대학에서 경험하지 못했던 워크숍, 동문 모임 등 과외 활동에도 열심히 참여했다.

대학원에서 교수님들께 배워 깨우친 것들이 있다. '현상을 바라보되, 과학적 방법론으로 분석한다. 분석 결과를 토대로 주장하되, 명확한 근거를 제시하여 주장을 뒷받침한다.', '활자화된 것(교과서)이 진리가 아닐 수도 있다.', '공부는 실사구시가 되어야 한다.', '머릿속에 있는 단편적인 지식을 정리하여 논리적으로 체계화하는 것이 대학원 공부다.' 어쩌다 TV 토론회에서 막무가내로 우기거나, 빈약한 자료에 근거하여 억지 주장을 하는 패널을 보면 교수님들의 가르침이 떠올랐다. "배우고서 사유하지 않으면 어둡고, 사유하고 배우지 않으면 위태롭다(學而不思則罔 思而不學則殆)"라는 공자 말씀이 절절하다.

자식과도 같은 석사학위 논문

일반대학원은 연구자 양성이 주목적이라면, 특수대학원은 전문가 양성이 주목적이다. 나는 직장에 다니면서 공부할 수 있는 특수대학원에 다녔기 때문에 논문을 쓰지 않아도 학위를 받을 수 있었다. 그러나 대학원 공부를 한 이상, 학문적 흔적을 남겨야 한다는 생각에 일찍부터 논문을 쓰기로 마음먹었다. 입학하고 첫 번째 엠티 때 선배가 말했다.

"1년 차는 아무 생각 없이 놀고, 2년 차는 고민하면서 놀고, 3년 차는 죽기 살기로 논문에 집중해라."

나는 1년 차부터 논문 제목을 '서울장미축제가 지역경제에 미치는 영향'으로 정했다. 중랑구에서 가장 큰 문화 행사인 '서울장미축제' 실무를 하면서 모아둔 자료가 있었다. 그러나 지도교수가 축제 관련 논문은 이미 많이 나왔으니, 이제까지 별로 다뤄지지 않은 주제를 선택하라고 하셨다. 나는 퇴직하면 귀향해서 전원생활을 꿈꾸었기에 '공무원들의 귀농·귀촌'을 논문 주제로 잡았다.

본격적으로 논문 쓰기에 들어가자, 교수님들의 태도가 많이 달라졌다. 논문 쓰던 동기들이 하나같이 지도교수들이 까칠해졌다고 푸념했다. 가차 없이 첨삭하고, 근거 자료가 부족하거나 공부에 태만한 기색이 보이면 절대 그냥 넘어가지 않았다. 논문 계획 발표 때 야단맞은 동기는 화장실에 가서 울다가 눈이 벌게져 나오기도 했다. 우리의 원성을 들었는지 제일 연장자 교수님이 말씀하셨다.

"여러분이 쓴 논문은 평생 지울 수 없는 자식과도 같습니다. 논문은 지도교수의 이름과 함께 영원히 남는다는 것을 명심하십시오."

맞는 말씀이다. 나는 '공무원의 귀농·귀촌 인식 조사를 통한 퇴직 준비 프로그램 개선에 관한 연구'라는 제목에, '퇴직 예정 서울특별시 지방공무원을 대상으로'라는 부제를 달았다. 지도할 때는 그렇게 엄하던 지도교수가 심사 날에는 내 편이 되어주었다. 심사위원들이 논리의 허점을 지적하는 질문에 내가 당황하면, 산파처럼 답변을 유도하는 보완 질문으로 방어해 주었다. 나의 논문은 무사히 통과되었다.

논문 쓴 동기들은 인쇄본을 서로 주고받으며 기뻐했다. 나는 서울신문사의 시청 출입 기자에게도 한 권 보냈다. 서울시 공무원들이 연구 대상이었기 때문에 기사화할 가치가 있는지 참고하라는 뜻에서였다. 석사 논문은 지도교수와 저자 이외에는 아무도 안 읽는다는데, 서울신문사 기자가 읽었는지 내 얼굴 사진과 함께 박스 기사가 났다. 구청 홍보팀에서 기사를 스크랩해서 액자로 만들어 내게 선물했다.

가끔 RISS(학술연구정보서비스)에 들어가 내 논문을 들여다본다. 다운로드 횟수나 인용 수치가 그래프로 표시된다. 환갑이 되어가는 나이에, 교수들에게 야단맞아 가면서 논문을 쓰던 기억이 새

롭다. 그때는 너무 힘들어서 후회했지만, 쓰기를 잘했다고 생각한다. 그러나 내용을 자세히 보면 후회스럽다. 매끄럽지 못한 논리 전개, 오자, 잘못 사용된 조사, 문맥이 자연스럽게 연결되지 못한 부분들이 있다. 부끄럽지만 내가 낳은 자식이니 어쩔 수 없다. 더 열심히 해서 잘 써볼 걸 그랬다.

아무도 안 돌보는 비정규직 공무원

2016년 1월 8일, 보건소 의약과 건강관리팀장으로 발령 났다. 보건소는 지방자치단체에 소속되어 지역의 보건·의료 업무를 담당하는 기관이다. 그러기에 의사, 약사, 간호사 등 의료 관련 전문직 공무원들이 대부분이고 나 같은 행정직 공무원은 일부였다.

보건소는 민간 병원의 영업권을 침해하지 않기 위해 최소한의 의료사업만 시행한다. 그런데 국민의 보건복지 차원에서 공공의료 서비스가 늘어가고, 질병의 예방 측면에서 대사증후군 검진 등 진료사업이 확대되는 추세에 있다. 지자체 공무원 정수는 국가에서 통제하기 때문에 부족한 인력을 보충하기 위해 '시간선택제임기제 공무원' 제도를 활용하고 있다. 시간선택제임기제 공무원은 근무시간이 짧고, 급여나 복지도 일반 공무원에 훨씬 못 미치는 비정규직 공무원이다. 2년마다 재계약하므로 고용 여건도 안정적이지 않다.

우리 팀에는 시간선택제임기제 여직원 다섯 명이 있었다. 보건소 근무가 처음이었던 나는 보건·의료 업무의 각종 전문용어가 생소하고 어려워, 팀 업무를 파악하기 위해 직원들에게 수시로 물었다. 그 과정에서 자연스럽게 직원들의 애로 사항을 듣게 되었다. 한 직원이 말했다.

"팀장님, 우리는 다른 구의 시간선택제임기제 공무원들보다 월급이 30만 원 적어요."

나는 깜짝 놀라 무슨 소리냐, 근거 자료를 가져와 자세히 설명하라고 했다. 들어보니 사실이었다. 우리 직원들은 그동안 초과근무수당, 출장비, 여비를 한 푼도 받지 못하고 있었다.

원래 출장비와 여비는 연동되기 때문에 출장을 가야 출장비가 나가고, 그에 상응하는 여비를 받을 수 있다. 공무원의 여비·수당 등 지급 규정에 따르면, 15일 이상 근무하는 직원은 출장비와 여비를 최대 10일까지 받을 수 있다. 그런데 출장비를 주지 않으니까 매일같이 출장을 다니면서도 출장부를 기록조차 하지 않았던 것이다. 그러나 초과근무수당은 다르다. 가끔 언론에서 공무원들이 부정한 방법으로 초과근무수당을 받는다는 보도가 나온다. 공무원들의 초과근무수당은 10시간을 기본으로 해서, 근무 실적에 따라 최대 60여 시간까지 받을 수 있다. 그런데 기본 10

시간은 초과근무 여부와 관계없이 공무원이면 누구나 받게 되어 있다. 노동을 위한 준비시간 개념이다. 정규직 공무원들에게는 재무과에서 일괄적으로 이를 지급한다. 비정규직 공무원들에게는 소속 부서에서 예산을 편성해 올리면 부서에 전도되어 지급하는데, 애당초 여비·출장비·초과근무수당 예산을 편성조차 하지 않았다. 출장부를 쓰지 않아 지급할 근거가 없기에 출장비와 여비는 어쩔 수 없다 치더라도, 초과근무수당은 다른 문제였다.

우리 팀 직원들을 포함하여 보건소 전체에서 초과근무수당을 받지 못한 직원들이 17명이었다. 그들은 2년마다 재계약하는 을의 처지였기 때문에 재계약이 안 될까 두려워 불평하지 못하고 속앓이만 했다. 나는 인사팀장과 예산팀장을 번갈아 찾아가 이 사실을 알렸다.

"이건 소송하면 백 퍼센트 지고, 구청은 망신만 당한다. 수당 지급 규정에 따라 3년 치를 소급해서 지급해야 한다. 예산이 없으면 추가경정예산을 편성해야 한다. 구의원들도 협조해 줄 것이다."

내 의견에 관련 팀장들도 동의했다. 초과근무수당을 못 받은 직원 17명에게 줄 돈은 2,500만 원 정도였다. 마침 보건행정과에서 인건비를 통으로 잡아놓은 예산이 남아 있어 추경 없이도 지급할 수 있었다. 사실, 추경은 번거롭기도 하지만 애초에 예산편성이 정교하지 못했다는 것을 인정하는 것이다. 추경은 원칙적으로 자연재해나 사고 등 예산편성 당시에는 계상할 수 없었던 돌발 변수가 일어났을 때 편성한다.

시간선택제임기제 공무원 17명에게 초과근무수당 10시간씩 3년 치를 모두 지급했다. 며칠 후 직원들이 나를 식사에 초대했다. 생각지도 않았던 목돈을 받게 되어 고마웠던 모양이다. 비정규직 공무원들은 공제금 제하고 한 달에 손에 쥐는 돈이 130만 원 정도였다. 나는 그들에게 자기 권리는 스스로 찾아야 한다고 말했다. 그들은 정규직들은 비정규직들의 복지는 신경 쓰지 않는다, 노조에서도 자기들 문제는 다루지 않는다는 등 비정규직의 애환을 토로했다. 나는 동석한 서무주임에게 내년부터는 출장비, 여비, 초과근무수당을 편성해서 예산서에 넣으라고 당부했다.

188

식사가 끝난 후 의미 있는 선물을 받았다. 종이 한 장에 다섯 명이 깨알 같은 글씨로 하트 모양을 그리며 감사의 마음을 쓴 편지였다. 나는 다음 해 보건소를 떠났다. 동장이 되고 나서 구청 회의가 있어 현관으로 들어갈 때였다. 보건소 쪽에서 나이 어린 여성이 사뿐사뿐 내게 달려왔다. 보건소 비정규직 직원이었다.

"동장님 덕분에 우리도 초과근무수당과 출장비·여비를 5일 치씩 예산 편성되어 받고 있어요."

그녀는 자랑하듯이 말했다. 당연히 받아야 할 돈이다.

좋은 정책이 있어도 못 바꾸는 이유

지방자치단체 행정직 공무원들은 상·하반기로 나누어 1년에 두 번 직급별로 근무 실적을 평가받는다. 그 결과로 서열이 매겨진다. 평가 대상 기간은 6급 승진까지는 2년, 5급은 3년이다. 그 기간에 실적을 잘 관리해야 승진 대상자 서열에 들어갈 수 있다. 근무 평가는 국 단위로 하는데, 통상 국의 주무과 주무팀장에게 평점 1등급을 준다. 이런 관행은 주무팀장이 승진할 때까지 계속되었다.

기술직 공무원들도 비슷한데, 행정직 공무원에게는 없는 '실적 가점'이라는 제도가 있다. 실적 가점은 시책 사업을 수행하여 우수한 실적을 내거나, 창의적인 아이디어로 예산을 절감하는 등 조직 발전에 특별한 공적이 있는 직원에게 인센티브를 주는 제도이다. 이 가점을 받으면 승진 서열이 뒤바뀔 수 있다. 제도의 취지는 서열이 낮은 직원에게 창의적으로 일할 동기를 부여함으로써 조직에 역동성을 불어넣는 것이다. 그러나 도입 취지와는 다르게, 관행적으로 상위 서열 직원에게 주어지는 경향이 있다.

우리 구는 서울시에서 온 부구청장이 행정직 공무원들에게도 실적 가점 제도를 도입했다. 제도를 계획할 때 국장들의 반대가 있었다고 한다. 나는 주무과 팀장이 아니었기에 근무 평점을 잘 받는 것은 생각지도 않고 있었다. 그런데 이 제도가 시행되자 우리 팀에서 추진한 사업 가운데 실적이 두드러진 사업이 있어서 심사 자료를 제출하게 됐다. 서울시에서 초등학생들의 치아 건강을 증진하기 위하여 25개 자치구 보건소를 대상으로 '초등학교 양치시설 설치 사업'을 공모했다. 공모 사업비로 10억 원을 내걸었다. 우리 팀은 담당 직원과 함께 며칠에 걸쳐 사업 계획을 짜고, PPT 자료를 만들어 프레젠테이션에 참가했다. 그 결과 1위로 선정되어 4억 8,810만 원을 지원받아 관내 열 개 초등학교에 양치시설 공사를 했다. 시청 공모 사업비 전체의 50퍼센트를 우리 구가 가져온 것이다. 구청 예산은 한 푼도 안 들이고 초등학교에 최신식 양치 전용 시설을 만들어주었다. 점심 먹고 화장실에서 양치하던 학생들이 새로 설치된 쾌적한 양치시설에서 이를 닦게 되었다.

제출한 실적서는 내부 게시판에 공개되었기 때문에 직원이면 누구나 볼 수 있었다. 며칠 후 심사 결과를 보니 탈락이었다. 실망했지만 그러려니 했다. 그런데 내가 탈락한 게 이해가 안 된다며 직원들이 야단이었다. 선정된 직원의 실적을 들여다보니, 나도 이해할 수 없었다. 메르스 사태 후 서울시에서 각 구의 25개 보건소에 서울시 예산으로 음압 장비를 갖춘 선별 진료소를 설치했다. 보건소에서 선정된 직원의 실적은 음압 장비 설치 공사에 내려준 공사비 중 500여만 원을 절감했다는 것이다.

나는 보건소장을 찾아가서 부당하다고 이의를 제기했다. 보건소장은 근무 평점 1등급을 받는 직원에게 실적 가점을 주려는 의지가 강했다. 이미 결정된 것은 변경이 불가했다. 나의 이의 제기는 보건소장의 권위에 도전하는, 보건소 공무원들은 감히 못 할 행동이었다. 서울시 25개 보건소장들은 한번 소장에 임명되면 정년퇴임할 때까지 그곳에서만 근무하기에 누구도 건드릴 수 없는 권한을 갖는다. 나는 행정직이라 보건소장의 눈 밖에 나더라도 크게 영향을 받지 않았다. 찍히면 구청의 다른 부서로 이동하면 그만이었다. 보건소 직원들이 나에게 가만히 있지 말고 가서 따지라고 응원했다.

보건소장에게 이의신청이 통하지 않아 부구청장을 찾아가 부당하다고 말했다. 부구청장은 심사 과정과 결과를 공개하기 때문에 투명성과 공정성을 기대했는데 아쉽다고 했다. 잘 알았으니 돌아가 있으라고 했다.

며칠 후 행정직 공무원들의 실적 가점 제도가 전면 백지화되었다. 부구청장이 추진한 '행정직 공무원 실적 가점' 제도는 시행의 목적과 취지를 살리지 못했고, 간부 공무원들이 호응하지 않아 좌절되었다고 생각한다. 나는 그 일을 통해서 지도자가 아무리 좋은 정책을 펼치려 해도 중간에서 호응하지 않으면 성공할 수 없다는 것을 실감했다. 공무원 조직에 내려오는 관행은 뿌리 깊다. 멋모르고 관행을 거슬렀다가는 따돌림을 당한다. 관행은 때로는 원칙을 무시하고 규정을 교묘히 빠져나간다. 공무원 조직에서 그릇된 관행은 개혁에 큰 장애 요인이 될 수 있다.

돌고 도는 과제, 돌고 도는 인생

2017년 1월 6일, 기획예산과 법제팀장으로 발령 났다. 보건소장에게 대든 일로 근무하기가 껄끄러워져 다른 부서로 발령 내달라고 요청했었다. 법제팀의 주 업무는 구청을 상대로 제기된 각종 소송 관련 업무를 지원하는 것, 조례를 만들거나 고칠 때 상위법에 위반되는지를 검토하는 것이다. 또한 법률고문단, 무료법률상담 변호사, 마을변호사 제도를 운용함으로써 주민에게 법률 지원 서비스를 제공하는 일도 포함된다.

구청에는 열 명의 변호사로 구성된 법률고문단이 구와 관련된 각종 소송을 위임받아 수행한다. 변호사 일곱 명이 법률 상담을 원하는 주민에게 돌아가며 무료 법률 상담을 해준다. 주민들의 생활 현장에서 발생하는 법률문제를 동네에서 상담하는 '마을

변호사'를 동별로 지정하여 운영하기도 한다. 구청에도 변호사를 6급 상당의 공무원으로 채용하여 '법률 전문관'으로 임명하고 법률 관련 업무를 전담시켰다. 직원들이 일하다가 법률 해석이 애매할 때 물어보면 법률 전문관들이 친절하게 가르쳐주었다. 이처럼 변호사들이 많아져서 국민이 법률 서비스를 받기가 그전보다 훨씬 쉬워졌다.

2017년 5월 19일, 19대 문재인 정부가 출범하면서 100대 혁신과제를 내놓았다. 정부는 지자체에서도 각종 법규와 제도를 국민에게 편리하게 고치도록 독려했다. 나는 법제팀장과 규제개혁 TF팀장까지 겸임하게 되었다. 공무원들과 주민들을 대상으로 상금을 걸고 개선 과제를 모집하는 계획을 세웠다. 각 부서 담당자 회의를 소집하여 직원들에게 적극적으로 참여해 달라고 부탁했다. 제출한 과제가 채택된 직원에게는 승진 심사 시 인센티브를 준다는 당근도 내걸었다. 내부 게시판에 아이디어를 제출하라고 호소하는 글을 올리는 등 참신한 아이디어를 찾기 위해 동분서주했다.

그렇게 노력했는데도 부서에서 제출한 실적들은 저조했다. 27년 전 9급 공무원 때가 생각났다. 개선 과제 발표장에서 주무 부서장에게 면박당한 후, 앞으로 다시는 과제를 내지 않겠다고 다짐했었다. 그런데 얄궂게도 이번에는 내가 그 업무의 책임자가 되어 직원들에게 과제를 내달라고 사정하고 있다. 피하려 해도

피할 수 없는 것, 돌고 도는 것이 인생인가 보다. 사람의 앞일은
알 수가 없다.

누님을 울린 학위논문

2017년 8월 22일, 서울시립대학교 도시과학대학원에서 학위 수여식이 있었다. 나는 문화관광학 석사학위를 받았다. 퇴직을 불과 2년 남기고, 환갑이 다 된 나이에 받은 대학원 졸업장은 내게 각별한 의미가 있었다. 5급으로 승진하지 못하는 처지의 자괴감을 공부에 집중함으로써 발전적으로 극복했다. 나이 들어 대학원 공부하고, 논문까지 쓰고 나니 성취감도 컸다. 아내와 딸이 졸업식장에 와서 축하해 주었다.

서울시립대학교는 서울시에서 운영하는 대학이라 등록금도 쌌지만, 구청에서 학비를 50퍼센트가량 보조하고 서울시에서도 일부를 지원했다. 나는 국가에서 주는 봉급을 받으면서 공부했으니, 나라의 혜택을 많이 받은 사람이다. 남은 공직 생활에서 구민을 위해 성실히 봉사하는 것으로 나라에 보답하겠다는 생각이 들었다.

추석 무렵에 아버님의 40번째 기일을 맞아 딸을 데리고 고향에 갔다. 제사를 지내고 부모님 묘소 앞에 형제들이 모였다. 나는 준비해 간 딸과 나의 석사학위 논문 각각을 상석에 놓고 엎드려 절했다.

"부모님께서 낳아주신 덕분에 늦게나마 대학원 공부를 마쳤습니다. 감사드립니다."

논문의 검은색 표지에는 금박으로 된 한글과 영문 글자가 박혀 있었다. 누님이 논문을 이리저리 둘러보고 몇 장 넘기시더니, 갑자기 대성통곡했다. 순간 어리둥절했으나, 나는 누님의 심정을 이해할 수 있었다.

누님은 가난한 농부의 7남매 중 첫딸로 태어났다. 초등학교조차 제대로 다닐 수 없어, 법정 수업일수만 간신히 채워 겨우 졸업했다. 어렸을 때부터 병석에 누우신 어머니를 대신해 집안일하고 동생들 돌보느라 학교에 갈 수가 없었다. 결석이 너무 많아 법정 수업일수 부족으로 퇴학당한다고 연락 오면 어쩔 수 없이 갔다고 한다. 누님은 우리 가족의 희생양이었다.

연암 박지원이 삼종형 박명원의 수행원이 되어 청나라에 갔을 때의 여행기 『열하일기』 번역본을 읽었다. 연암은 장엄하게 펼쳐진 중원의 대평원을 보고 감격해서 말했다.

"아, 울기 좋은 곳이로다. 크게 한번 울어볼 만하다."

연암에 의하면 사람은 지극히 감동하면 운다고 한다. 누님은 집안 사정으로 간신히 초등학교만 나왔지만, 업어 키웠던 막냇동생이 환갑이 다 된 나이에 대학원을 졸업하고 논문까지 쓴 것에 지극히 감동한 것이다.

방안이 현재로선 없습니다

2018년 1월 1일, 청소행정과로 발령 나서 자원재활용팀장 보직을 받았다. 주 업무는 재활용선별센터 관리, 쓰레기 감량화, 자원 재활용에 관한 일들이었다. 과장이 6월 말 정년을 앞두고 연가를 자주 썼기 때문에 과장 역할까지 내 몫으로 돌아오니 머리가 더 복잡했다.

특히 구의회 업무보고가 부담되었다. 부서장을 발언대에 세우고 부서 업무 전반에 대하여 구의원들과의 질의응답을 한다. 우리 구는 팀장이 답변하는 사례가 없었으나, 과장이 부재중이니 내가 발언대로 나갔다. 아는 대로 대답하고, 모르는 질문에는 서면으로 답변하겠다고 했다. 구의원들도 일개 팀장이 어떻게 부서 전체의 업무를 알겠느냐며 이해했다. 정회 중에, 내가 자료의 수

치를 틀리게 답변한 부분을 알게 되었다. 바로잡지 않으면 속기록에 오류로 남게 될 것이다. 위원장이 개회를 선언하자마자 먼저 양해를 구하고 앞서 답변한 오류를 바로잡았다.

도시 행정은 교통행정과 청소행정이 대부분이라 해도 과언이 아니다. 시민 생활과 직결되기도 하지만, 현장 상태가 눈앞에 보이기 때문이다. 나는 후배 공무원들에게 멀리 보고 청소과와 교통행정과 순환 근무를 권장하고 싶다. 도시 행정의 중요 사안을 파악하고 식견을 갖추면 언젠가는 인정받을 때가 온다.

2018년 4월 1일, 수도권에서 '공동주택 폐비닐·스티로폼 수거 거부 사태'가 터졌다. 청소행정과에 근무한 지 3개월 만이었다. 아파트 단지에 수거되지 않은 폐비닐과 스티로폼이 산더미처럼 쌓이자 민원이 빗발쳤고, 언론에서 비중 있게 보도했다. 서울시와 자치구에 비상이 걸렸다.

나는 수거 거부 조짐이 있음을 2월부터 알고 있었다. 중랑구에는 하루에 40톤의 재활용품을 선별·처리할 수 있는 재활용선별센터가 있다. 이 시설 운영을 위탁받은 업체 사장이 귀띔해 주었다. 선진국들의 재활용품을 블랙홀처럼 빨아들이던 중국이 경제 성장으로 2017년부터는 수입을 중단했다. 갈 곳을 잃은 선진국들의 재활용품이 싼 가격으로 국내에 대거 유입되었다. 선진국에서 온 재활용품은 분리수거가 잘되어 성상이 양호했다. 그로 인해 재활용품 수거업체들의 주 수입원이던 폐지 가격이 급락했다.

국내 재활용품은 시민들이 오염물질을 제거하지 않고 배출한 폐비닐 등으로 인해 EPR(생산자책임 재활용제도)에 포함되지 않는 물량이 40퍼센트가 넘었다. 수거업체들은 오염된 폐비닐이 섞인 재활용품을 돈 내고 수거하여 돈을 내고 처리하는 실정이었다. 이외에도 여러 이유가 복합적으로 작용하여 수거업체들의 적자가 눈덩이처럼 불어나고 있었다. 위탁업체 사장은 머지않아 사태가 터질 것이라고 예상했다.

중랑구의 재활용품 수거 체계는 일반주택 지역과 공동주택 지역으로 구분된다. 일반주택 지역의 재활용품은 수거 대행업체에 1세대당 1,240원을 주고 재활용선별센터까지 운반된다. 선별센터에서는 선별 작업을 거쳐 판매할 수 있는 재활용품은 매각하고 재활용할 수 없는 물량은 일반 쓰레기로 처리한다. 구에서는 재활용선별센터 위탁업체에 처리비로 1톤당 6만 원을 지급했다.

공동주택의 재활용품은 아파트 단지 주민대표와 수거업체가 계약을 맺어 수거한다. 수거업체는 아파트 단지 재활용품을 무상으로 가져가는 대신, 가구당 일정 금액을 단지에 지불한다. 수거업체는 아파트 단지에서 수거한 재활용품을 판매하여 남는 수입으로 운영한다. 그런데 시장 상황이 변해 수지를 맞추려면 지불액을 대폭 줄여야 했다. 줄이면 아파트 단지 내 부녀회 등에서 반발할 것이고, 자칫 거래처를 잃어버릴 수도 있다. 그래서 부피가 크고, 운반 비용이 많이 들며, 가져가도 40퍼센트 정도가 오염되어 판매

느커녕 오히려 쓰레기 처리 비용을 부담해야 하는 폐비닐·스티로폼을 수거하지 않게 된 것이다. 수거업체들이 수거를 거부한 표면적인 명분은, 재활용품이라고 내놓은 폐비닐이 오염되어 재활용할 수 없는 일반 쓰레기이기 때문이었다. 규정에 맞게 분리만 잘하면 수거하겠다는 것이다. 업체들은 내심 사태가 커져 언론에 크게 보도되기를 바랐고, 사회문제가 되면 관에서 나서 해결해 주리라 믿었다.

서울시와 자치구는 초기부터 사태 추이를 지켜보았다. 자치구 담당 팀장 회의를 소집하여 대응 방안을 논의했다. 일단 재활용품 수거업체와 아파트 단지 주민대표 간 계약이니, 사인 간의 계약에 관이 개입할 수 없었다. 그러나 수거 거부 사태가 오래가서 시민이 불편을 겪는다면 수수방관만 할 수도 없었다. 서울시에서는 장기화에 대비하여 자치구별로 계획을 세우라고 지시했다.

나는 선제적으로 대응하기 위해 관내 17개 재활용 수거업체 대표 간담회를 소집했다. 그분들의 애로 사항을 들어보고, 구청 차원에서 지원할 방안을 찾아보고 싶어서였다. 간담회 날, 어떻게 알았는지 KBS-1TV에서 취재를 나왔다. 업체 사장들이 연락했을 것이다. 업체 대표들은 고충과 애로 사항을 쏟아냈다. 대표 한 분이 질문했다.

"수거업체들이 적자난에 허덕이고 있습니다. 구청에서는 어떤 지원방안이 있습니까?"

과장이 장기 휴가 중이어서 내가 답변해야 했다. 나는 짤막하게 대답했다.

"현재로서는 없습니다."

그날 KBS TV 저녁 9시 뉴스에 딱 이 장면이 영상으로 보도되었다. 다음 날 출근하니 지인들의 전화가 걸려왔다.

"너, 공무원인 줄 알고 있는데, 재활용품 수거업체에서 일하냐?"

"너는 겁도 없더라. 공무원이 '대책 없다'는 말을 그렇게 태연하게 하냐?"

이왕 나간 거, 한 발 더 나갔다. 아파트 단지 관리소장과 입주자 대표 회의를 소집했다. 아파트 관련 업무를 담당하는 주택과의 협조를 얻었다. PPT 자료를 직접 만들어 이 사태가 터진 배경, 재활용품 시장의 국제 동향, 수거업체들의 수지 악화 상황 등을 설명했다. 결론으로 수거업체가 단지에 주는 돈을 지금보다 훨씬 줄여서 재계약할 것을 호소했다. PPT 마지막 화면에는 아프리카 세렝게티 초원에서 수백만 마리의 누 떼가 풀 뜯는 사진을 넣었다.

"만약 쇠똥구리가 없다면 저 초원의 생태계는 금방 파괴된다고 합니다. 우리가 사는 도시환경도 그와 같습니다."

그러므로 우리가 쓰고 버리는 쓰레기를 처리하는 데 관련된 종사자들의 노고를 알고, 합당한 비용을 지출해야 한다고 호소했다. 아파트 입주자 대표들에게는 이 사태가 원만하게 해결되도록 협조해 달라는 구청장 공한문을 보냈다.

한편으로 폐비닐과 스티로폼이 너무 많이 쌓여 불편하다는 민원이 들어온 지역은 이미 편성된 기동반이 그것들을 수거하여 재활용선별센터에 보냈다. 중랑구 재활용선별센터에는 스티로폼을 녹이고, 비닐을 압축하는 시설이 있었다. 사태가 오래갈 경우, 인력을 더 투입하면 처리할 수 있었다. 주변 구청에서는 중랑구에 그런 시설이 있는 것을 부러워하며, 자기 지역의 물량 처리를 부탁했다. 재활용선별센터는 꼭 필요한 시설이지만 주민들에게 혐오 시설로 인식되어 서울 시내에 더 설치하기는 불가능하다.

4월 23일, 중랑구 아파트 단지와 수거업체 간 재활용품 수거 재계약이 백 퍼센트 완료됨으로써 폐비닐·스티로폼 수거 거부 사태가 종료되었다. 서울시에 종료 보고를 하니, 25개 구청 중에서 네 번째라고 했다. 부구청장님은 팀장이 열심히 하고 있어서 예상했다며, 과장도 없는데 고생했다며 격려했다. 폐비닐·스티로폼 수거 거부 사태가 발생한 지 23일 만에 무거운 짐을 내려놓고, 홀가분한 마음으로 퇴근했다.

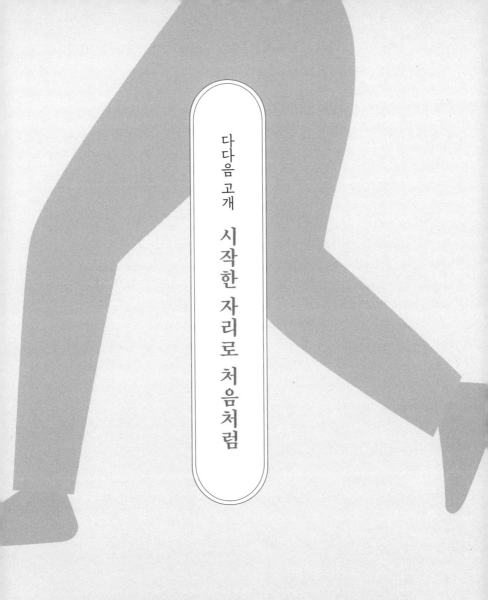

다다음 고개

시작한 자리로 처음처럼

동장으로 10개월 일하는 동안, 9급 서기보 시절을 잊지 않았다. 동장으로서 직원들이 기안한 문서를 결재하고 지시하는 것이 답답하기도 했다. 내가 직접 계획서를 만들고 실무를 하던 습관이 오랫동안 몸에 배어서였다. 동네 행사에서 동네 어른으로 예우받는 것이 쑥스러웠고, 실무자일 때가 편했다고 느꼈다. 나는 정서적으로 아니, 사실상 6급 공무원이었다.

세상이 바뀌긴 했나 보다

2018년 7월, 중랑구청 공무원 사회에 지각변동이 일어났다. 6월 13일에 실시된 제7회 전국동시지방선거에서 민주당 후보가 중랑구청장에 당선된 것이다. 중랑구는 16년 동안 보수정당 후보가 구청장에 당선된 지역이다. 서울 강북 지역에서 유일하게 네 번 연속 보수당 후보가 당선되자, 사람들은 보수 텃밭인 서초, 강남, 송파 등 강남 3구와 함께 중랑구를 강남 4구라고 불렀다.

17년 만에 지방 정권이 바뀌자, 공무원 내부와 구 행정에서 큰 변화가 예고되었다. 7월 2일 취임한 구청장의 첫 번째 결재는 면목동 '행정복합타운' 개발에 따른 '시유지 소유권이전등기 소송' 취하였다. 면목동은 오래된 주택이 밀집한 지역으로 개발에서 오랫동안 밀려나 있었다. 용마산역 아래 지역에는 면목4동 주민센터·법원등기소·구민회관 건물이 있다. 이 지역은 급경사에다 건물이 오래되어 주변을 복합적으로 개발해야 했다. 전임 구청장은 이곳에 '행정복합타운' 건립을 구상했다. 이 지역의 토지소유권은 서울시 67퍼센트, 대법원 18퍼센트, 중랑구 15퍼센트로 분할되어 있어, 건립 구상을 실현하려면 반드시 서울시의 협조와 지원이 필요했다. 그런데 시장과 구청장의 구상이 다르고, 소속 정당도 달라 원만하게 합의되지 못하고 있었다. 중랑구는 서울시 땅을 중랑구에 이전하라는 소송을 제기했다. 소송 근거로 내세운 것은 20년 전 관선 구청장 시절, 서울시에서 땅을 중랑구에 주겠다고 약속한 공문서였다. 그러나 중랑구는 1심에서 패소하여 없는 살림에 1억 7백만 원의 소송비만 날렸다. 이에 불복하고 2심에 항소했다. 그러던 차에 구청장이 바뀐 것이었다.

신임 구청장은 박원순 서울시장 밑에서 부시장을 지냈다. 민주당은 자당 후보가 4회 연속 낙선하자 서울시 부시장 출신을 전략 공천으로 당선시켰다. 경선을 기대하고 준비했던 민주당 다른 후보는 국회에 가서 자해 소동을 벌이기도 했으나, 승리가 절실했던 민주당은 전략 공천을 굽히지 않았다. 구청장 당선자는 시유지에 대한 소송 내용을 잘 알았고, 취임하자마자 전격적으로 소송을 취하한 것이다. 이로써 소송 때문에 빚어진 중랑구와 서울시의 갈등이 해소되었을뿐더러 소송비용과 행정력 낭비 요인이 사라졌다. 시장이 신임했던 사람이 구청장이 되고, 소속 정당도 같았기 때문에 서울시와 협조가 일사천리로 이루어졌다. 면목동 행정복합타운 개발 계획은 원래 개발 면적이 6,713제곱미터였는데 14,060제곱미터로 두 배 이상 늘려 전보다 훨씬 더 큰 그림으로 다시 설계했다. 2022년에 본 공사를 시작하여 2026년에 완공할 예정으로 사업이 진행되고 있다.

구청 내부적으로는 공무원들의 2018년 상반기 승진 인사를 단행해야 했다. 그동안 인사나 승진에서 차별과 불이익을 받았던 특정 지역 출신 직원들이 구제될 것이라는 소문이 파다했다. 기울어진 운동장을 바로 세우는 것은 지극히 당연했다. 분위기를 어떻게 알았는지, 지역 유력 인사가 나에게 전화했다.

"박 팀장, 자네가 승진 1순위래. 축하해."

세상이 바뀌기는 바뀌었나 보다. 내가 이런 전화를 받다니. 그동안 심사 대상자에 들어가지도 못하거나, 들어가도 계속 떨어져 눈물짓는 동향 직원들을 봐왔다. 무엇보다도 특정 지역 출신은 주요 부서에 보내주지 않는다는 불문율에 절망하기도 했다. 이번 기회에 근무 평점을 잘 받아 심사 대상자에 들어가고 싶었다. 상반기에는 5월에 전임 구청장이 평가했는데 잘 되었을까? 약간 믿는 구석은 있었다. 때마침 공동주택 지역 폐비닐·스티로폼 수거 거부 사태가 터졌다. 청소행정과에서 과장도 없이 주무팀장으로 고생했고, 큰 건을 해결한 실적이 있었다. 내 나이가 많아 곧 퇴직하므로 후배들에게 승진 기회가 빨리 오는 것도 조직에 유리하게 작용할 것이라 예상했다.

서열이 공개되어 확인하니, 간신히 승진 심사 대상자 명부에 들어가 있었다. 심사 대상자는 승진 예정 인원의 3~4배수를 선정한다. 나는 야구로 치면 처음으로 스타팅멤버가 되어 타석에 들어선 것이다. 그런데 퇴직이 1년밖에 안 남았으니, 기회는 딱 한 번뿐이다. 2루타니 3루타니 그런 건 필요 없다. 첫 타석에서 오로지 홈런을 쳐야만 사무관이 될 수 있다. 승진심사위원회가 열리고, 결과가 나오기를 초조하게 기다렸다.

기적 같은 일이 일어났다. 승진 예정자 명단에 당당하게 내 이름이 있었다. 첫 타석에서 홈런을 친 것이다. 축하 전화가 빗발쳤다. 그동안 대상자 축에 끼지도 못하다가, 단번에 승진한 것을 보고 지방 정권이 바뀐 것을 실감했다. 내게도 이런 날이 오는구나.

동장이 되어 돌아오다

내가 사무관으로 승진했다는 소식이 알려지자, 여기저기에서 연락이 왔다. 너무 늦은 승진이라 축하받기도 쑥스러웠다.

2018년 7월 23일, 동장 직무대리로 발령받아 세 번째로 망우본동에 돌아왔다. 1988년 5월 18일, 9급 지방행정 서기보 시보로 공직을 시작한 지 30년 만이고, 2010년 6급으로 승진하여 구청으로 간 지 10년 만이었다. 구청장님이 당신을 가까이에서 도와달라고 했다. 나는 정년이 1년밖에 남지 않았으니 동장으로 가기를 원했다. 그것도 처음 공무원을 시작한 곳인 망우본동을 희망했다. 내가 망우본동장으로 간다는 소문을 들은 어떤 분이 오지 말라고 했다. 올챙이 시절의 나를 기억하는 사람들이 많이 있으니, 대우를 못 받는다는 것이다. 차라리 다른 동으로 가라고 했다. 나는 시작한 곳에서 끝을 맺겠다며 끝까지 망우본동을 고집했다.

동장이 되어 돌아오니, 오래전부터 알고 있던 단체장들이 환영했다. 어떤 분은 나를 '사또'라고 부르며 장난을 걸었다. 망우본동은 이미 두 번이나 근무해 본 동네라 따로 파악할 필요가 없었다. 동네를 돌아보는데, 보여야 할 분들이 더러 안 보였다. 단체장이나 통장 중에도 돌아가신 분들이 많았다. 특히 1988년에 있었던 내 결혼식장에 오셨던 분들이 많이 돌아가셔서 허전하고 아쉬웠다. 하기야 30년이면 강산이 세 번 변하는 세월이니 그럴 만도 했다.

우림시장 주변을 순찰하는데 옛날 일이 생각났다. 공무원을 막 시작했던 서기보 시절, 재산세 등 각종 세금 고지서를 가정에 배부하기 위해 골목을 부지런히 오갈 때였다. 동네에서 약국을 운영하던 나이 지긋한 사장님이 나를 불렀다. 수고 많다며 박카스 한 병을 따서 주더니 5만 원을 건네며 신발이나 한 켤레 사 신으라고 하셨다. 마치 큰형님이 막냇동생 대하듯 정겨운 표정이었다. 갓 들어온 공무원이 허접한 운동화를 신고 분주히 오가는 모습을 보고 측은지심이 들었을까? 어쩌면 공무원이 동네일 보는 게 고마워서 그랬는지 모르겠다. 30년 지나 동장이 되어 그 약국 자리에 가보니 약국은 흔적도 없고 다른 업소가 들어서 있었다. 주변 분에게 약국 사장님의 안부를 물었더니 몇 년 전에 돌아가셨다고 했다. "산천은 의구하되 인걸은 간 곳 없네."라던데, 약국

214

도 약국 사장도 간 곳이 없었다. 세월은 사람을 기다려주지 않고 흐르는 강물처럼 지나갈 뿐이다.

동장이 되어 첫 번째로 한 일은 동장실에 배달되는 신문을 교체하는 결재였다. 발행 부수 1, 2위인 유력 신문 2종을 끊었다. 대신 독자 수는 적으나 기자들의 편집권이 보장된다는 신문 2종으로 바꿨다. 신문의 논조도 문제지만 약자와 소수를 배려하는 것이 나의 소신이다. 나는 우리 사회가 최고만을 지향함을 지양한다.

가난한 시골 농부의 자식으로 태어나 서울에서 동장까지 했으니, 나름 성공했다고 할 수 있다. 동장으로 10개월 일하는 동안, 9급 서기보 시절을 잊지 않았다. 동장으로서 직원들이 기안한 문서를 결재하고 지시하는 것이 답답하기도 했다. 내가 직접 계획서를 만들고 실무를 하던 습관이 오랫동안 몸에 배어서였다. 동네 행사에서 동네 어른으로 예우받는 것이 쑥스러웠고, 실무자일 때가 편했다고 느꼈다. 나는 정서적으로 아니, 사실상 6급 공무원이었다.

사무관이 받아야 할 교육 현장에서

　5급 사무관이 된 공무원은 법에 따라 소정의 교육을 이수해야 한다. 2018년 7월 30일부터 8월 31일까지 5주간의 '승진리더 과정' 교육을 받으러 서울특별시 인재개발원에 들어갔다. 교육 첫날 동작동 국립묘지를 참배했다. 승진 동기 220명 대표가 분향하고, 일동이 묵념했다. 사무관으로 임용된 공무원이 반드시 거쳐야 할 첫 번째 통과의례가 국립묘지 참배다. 고위공직자가 국립묘지를 참배하는 모습을 TV에서만 보다가 현장에 서게 되니 울림이 컸다.

　서울시 인재개발원에서 받은 5주간의 승진리더 과정 교육 일정은 매우 촘촘했다. 관련법을 교육받고 사회 다방면에서 활동하는 전문가들의 강연을 듣고, 국가에서 추진하는 우수 정책 현장을 탐방했다. 도라산역 전망대, 평택 제2함대에 있는 천안함 전시장, 다산의 강진 등 현장을 견학하느라 북에 번쩍 남에 번쩍했다. 그중에서도 강진에서의 2박 3일 현장 탐방이 가장 인상 깊었다. 강진은 다산의 가르침인 백성과 하늘을 두려워하라는 '외천외민 畏天畏民' 정신이 깃든 곳으로, 이 정신이 공직자들이 본받아야 할 덕목이기에 공무원들의 교육 장소로 널리 활용되었다. 다산의 학문적 업적과 강진 평야 지대에 우뚝 선 월출산의 장엄한 기상이 겹쳐져 서로 닮은 한 이미지로 그려졌다.

교육 기간에 감명받은 강연이 있었다. 순천시에서 서기관으로 퇴임한 최덕림 선배는 순천의 국가 정원과 순천만 습지 조성 공사 책임자였다. 지방의 작은 도시에 1,000억 원이라는 국가 예산을 투입하여 4년 공사 끝에 완공했다. 그분은 공사 기간에 휴일에도 쉬지 않고 매일 현장을 오르내리느라 고관절을 다쳐 지팡이를 짚고 다녔다고 했다. 어떤 청탁이나 지역 유지들의 압력에도 굴복하지 않았다. 직원들의 언행을 철저히 단속했고, 업자들과는 일절 어울리지 않았다. 회유에 응하지 않자, 협박과 모함을 받아 여러 차례 사법기관에 불려가 조사받았다. 거액의 국가 돈이 들어가는 국책사업이라, 15일 가까이 감사원 감사까지 받았다. 감사원 감사가 들이닥칠 때만 해도, 인간인 이상 털면 먼지라도 나오겠다 싶어 속으로 각오했었다. 그런데 금품 수수나 향응은 물론, 업자들에게 점심 한 끼 얻어먹은 적이 없어 자기가 생각해도 희한했다고 했다. 내가 보기에 그분은 업무에 미쳐 있었던 것 같다. 철새 보호를 위해 들판의 전봇대를 철거하고, 민가를 이주시키는 것에 농민들의 반발이 심했다. 마지막 남은 농가를 이주시킬 때는 그 집 아들의 취업까지 알선해 주었다. 강연 말미에 그의 얼굴에는 자긍심이 가득했고, 눈가에는 이슬이 맺혔다. 떳떳하고 당당한 자에게서만 볼 수 있는 표정이었다. 그 기개야말로 다산의 모습이고 월출산의 모습이 아닐까 생각했다. 강연이 끝나자 우레와 같은 박수가 터져 나왔다. 감동한 동기들이 여기저기서 손수건으로 눈물을 훔쳤다. 순천의 국가 정원과 습지는 그렇게 독한 공무원이 책임지고 감독한 덕분에 완성된 것이다.

반면 황당한 강연의 장본인들은 서울시 인재개발원에서 공무원들에게 첨단산업과 디지털 마인드를 교육하는 두 강사였다. 서울시에서 영세사업자의 카드 수수료를 절감하고, 근로자들에게 세금 감면 혜택을 주고자 '제로페이 사업'을 추진하고 있었다. 그 강사는 '제로페이 사업'을 물고 늘어졌다. 학자가 어떤 주제에 대하여 문제점을 지적하고 비판하려면 논리적 근거를 제시해야 한다. 그런데 그는 논거 없이 비방만 했다.

"제로페이 사업은 미친 짓이다. 박원순 시장이 대권에 눈이 멀어서 벌인 사업이다."

업주는 카드 수수료를 면제받고, 사용자는 세액을 감면받는 제도가 왜 미친 짓인지를 그 강사는 설명하지 않았다. 내가 제로페이로 결재해 보니 업주는 손가락 하나 까딱 안 해도 되었다. 손님이 스마트폰으로 QR코드를 읽혀 금액을 입력하고 업주에게 확인시키면 되는 간편한 제도였다.

그 강사는 박 시장을 감정적으로 싫어한다는 느낌이 들었다. 서울시 인재개발원에서 서울시 간부 공무원들을 대상으로 교육하는 강사가 서울시장이 의욕적으로 추진하는 역점 사업을 대놓고 비방하는 이상한 강사였다. 정책이 성공하려면 정합성과 수용성과 실행력을 필수적으로 갖춰야 한다. 그중에서 정합성은 내부 충돌 혹은 내부적 모순이 있어서는 안 된다는 것이다. 그 강사는 정책 추진에 앞장설 서울시 공무원들에게 내부 충돌을 유발하도록 선동했으니, 모순이 아닐 수 없었다.

더 황당한 건 '관리자의 리더십' 교육 시간이었다. 강사가 사단장 시절 육군 소장 군복을 입은 전두환의 얼굴 사진을 PPT 화면에 가득 띄워놓고 그를 리더십의 모범 사례자라고 했다. 하도 기가 막혀서 강연 끝나고 질문하려고 별렀으나, 질문도 안 받고 수업을 끝냈다. 나는 도저히 참을 수 없어 그 강사의 전화번호를 알아내 문자메시지를 보냈다.

"하고많은 인물 중에 하필이면 12·12를 일으킨 반란군의 수괴로 사형선고를 받은 자를 모범 사례자로 드는 이유가 무엇입니까? 5·18을 유발하여 광주를 피로 물들게 했고, 지금도 상처 속에 살아가는 분들이 수없이 많습니다."

상처를 받았다면 미안하다, 별생각 없이 한 말이니 이해해 달라는 답신이 왔다. 나는 사과 문자를 받고도 분이 풀리지 않았다. 서울시 본청과 25개 자치구 등을 포함하여 서울특별시 공무원은 4만 명이 넘는다. 이들의 교육을 책임지는 서울시 부속기관인 인재개발원의 강사 운영 시스템이 문제라는 생각이 들었다. 교육이 끝나고 동장으로 돌아와 마음을 가라앉히고 평상심을 찾으려고 2주일을 기다렸다. 그러나 아무리 생각해도 그런 개념 없는 강사를 그대로 두어서는 안 된다는 결론을 내렸다.

진성준 서울시 정무 부시장에게 내부전산망으로 메일을 보냈다. 그분은 국회의원 시절에 TV 토론에서 봤기 때문에, 익히 얼굴을 알고 있었다. 또한, 정무직 공무원이기에 공무원 세계에 내려오는 관행의 벽을 과감히 깰 수 있으리라는 판단이 들었다. 이틀 후에 이메일을 확인한 부시장이 내게 전화를 했다.

"동장님, 메일 주셔서 고맙습니다. 제가 다 화가 났습니다. 잘 알겠습니다."

두어 달 지나 인재개발원장이 교체되었다는 사실을 알았다.

할아버지들의 목소리

2018년 4월, 언론은 연일 서울의 집값 상승이 심상치 않다고 보도했다. 정부에서는 집값 상승을 잡기 위해 여러 카드를 준비하고 있었다. 어떤 할아버지가 동장을 바꿔달라 한다고 해서 전화를 돌려받았다.

"동장이요?" 하더니 다짜고짜 물었다.

"우리 동네는 왜 집값이 안 오르는 거요?"

"집값이 안 오르는 것을 동장이 어떻게 알겠습니까?"

"동장이면 알고 있어야지, 책상에만 앉아서 뭐하는 거요?"

영감님이 시비조로 나오기에 나는 더 말려들지 않으려고 "알겠습니다. 참고하겠습니다." 하고는 전화를 끊었다. 서울의 집값이 많이 올랐다는 뉴스를 보신 모양이다. 당신 집은 가격이 오르지 않으니, 불편한 심기를 달래줄 대상을 찾던 중에 가까이 있는 동장이 떠올랐던가 보다.

전화를 끊고서 가만히 생각해 보니, 영감님 말씀에도 일리가 있었다. 동장이 동네일을 잘 봐서 살기 좋은 동네로 소문나면 이사 오려는 사람이 많아지지 않겠는가? 그러면 수요공급의 법칙에 따라 자연스레 집값도 오를 것이다. '알아야 면장'이라고 했는데, 동장이 모른다고 답변했으니 영감님은 나를 형편없는 동장이라고 여겼을 것이다.

어느 날 민원실에서 큰 소리가 들리며 소란스러웠다. 동장실 문을 열고 민원실을 보니, 체구가 좋은 노인이 노발대발하셨다. 민원 창구 앞에서 욕설을 퍼부으며 직원과 실랑이를 벌이고 있었다. 동장실로 모셔서 자초지종을 들어봤다. 당신 소유의 집은 전세를 주고 다른 집에 살고 있는데, 재산세 고지서를 못 받았다. 고지서를 받지 않았는데도 납기일이 지났다고 가산금이 붙어 동장에게 따지러 왔다는 것이다. 직원이 용건을 묻기에 사실대로 말했더니, 그건 구청에서 하는 일이라며 동장실에 못 들어가게 했단다.

나는 영감님에게 말씀을 낮추시라고 진정시키며 차분하게 설명했다. 재산세는 구청 세무1과에서 부과하고, 고지서는 우편으로 발송한다. 주민센터 업무와는 상관없어 직원들은 모를 수밖에 없다. 세무1과에서 고지서 발송 여부를 따져보고, 정확히 발송했다면 우편함에서 분실되었는지도 확인해 봐야 한다고 말씀드렸다. 설명을 들은 할아버지는 구청에 쫓아간다며 나갔다. 동장실을 나서 민원 창구 앞에 멈추더니, 또 큰 소리로 "개××들"이라고 험한 말을 내뱉었다. 평소 관공서에 누적된 불만을 터뜨리려고 작정하신 것 같았다. 민원실 분위기는 싸늘해졌고, 다른 민원인들도 인상을 찌푸렸다. 나는 계속되는 소란을 막기 위해 한마디 했다.

"할아버지, 화나신다고 손주 같은 직원들 앞에서 욕설하시면 되겠습니까? 일 보러 오신 다른 주민들도 생각해 주셔야지요."

조용조용 달랬던 내가 정색을 하고 나서자, 영감님은 동장이 시비조로 나오면 되냐면서 구청장에게 따져야겠다고 목청을 높였다. 나도 큰 소리로 "그렇게 하세요."라고 응수했다. 퇴직이 눈앞인 말년 동장이 막무가내인 노인네에게 한 말대꾸를 구청장이 문책하더라도 겁나지 않았다. 직원들과 민원인들이 보는 앞에서 동장에게 막말하는 것이 부담스러웠는지 할아버지는 슬금슬금 민원실 밖으로 나갔다.

영감님이 나간 뒤에 자기 업무도 아닌 일로 곤욕을 치른 직원이 동장실에 들어왔다. 자기 때문에 소란이 일어나 죄송하다고 했다. 자기 딴에 흥분한 노인을 동장실로 들여보내면 안 될 것 같아 막아보려고 했단다. 나는 직원을 격려했다. 어떤 주민이든지 동장을 찾아오는 사람은 동장실로 안내해라. 욕을 먹어도 내가 먹고 책임질 일이 있으면 내가 질 것이니, 자네들은 열심히 일하면 된다고 했다. 노령인구 증가에 비례하여 목소리 높이시는 노인들도 많아지고 있다.

다문화가정과 함께 사는 법

법무부 출입국 통계에 의하면 2018년 12월 말 현재, 국내 외국인 체류자는 236만 7,607명으로, 주민등록 인구 5,182만 명의 4.6퍼센트에 해당한다. 전년도 대비 8.6퍼센트 늘어났으며, 매년 증가 추세라고 한다. 외국인들이 많아진다는 것은, 그만큼 우리나라가 경제적으로 부유해졌다는 것을 의미한다. 외국인들은 한국에 오면 돈을 벌 수 있다고 생각해서 올 것이기 때문이다.

중랑구에는 소규모 봉제업체가 많아 외국인 근로자나, 내국인과 결혼한 다문화가정이 다른 지역에 비해 많은 편이다. 중랑구에서도 면적이 넓고 인구가 많은 망우본동에 다문화가정이 제일 많았다.

다문화가정은 외국 여성이 주로 소득이 낮은 한국인 남성과 결혼하여 이룬 가정이다. 아이가 태어나면 생활비가 증가하는데, 엄마들은 생활비를 보태기 위해 봉제공장에서 일했다. 아이들은 엄마의 혀를 보면서 말을 배운다는데, 엄마가 한국어에 능숙하지 못하니 아이도 말을 배우는 게 늦어진다. 그러니 학교 공부도 뒤처지고, 남다른 외모 때문에 따돌림을 당하기도 했다.

다문화가정 어머니 중에 한 아프리카계 어머니가 여가로 아이들에게 아프리카댄스를 지도했는데, 적당한 장소가 없어 애로를 겪던 중, 나를 찾아와 도움을 청했다. 나는 최대한 도와주겠다고 약속했다.

주민센터 내 문화센터 프로그램 시간을 조정해서 다문화가정 아이들이 센터를 이용하게 했다. 아이들은 쾌적한 공간에서 아프리카댄스를 마음껏 배울 수 있게 되었다. 아프리카댄스 동아리 이름은 '원 마인드One mind'였다. 경쾌하고 발랄한 리듬의 춤을 배우자, 아이들의 생활 태도가 달라졌다. 자신감이 생겨 표정도 밝아졌다. 아이들끼리 어울리면서 한국말 실력도 늘고, 유대감도 깊어졌다. 댄스 실력이 좋아져서 각종 행사가 있을 때 식전 공연으로 무대에 세웠다.

2018년 12월 2일, 중랑구 구민회관에서 제1회 '전국 다문화가정 엄마 한국어 말하기 대회'가 열렸다. 대회를 주관하는 단체가 우리 동에 있었기에 책임자가 나를 찾아왔다. 구청장이 다른 일정 때문에 참석 못 하시니, 대신 참석해서 인사말과 표창장을 전

수해 달라고 부탁했다. 나는 흔쾌히 승낙하고 시상식에 참석했다. 전국대회라고 하지만 처음 시작하는 대회라서 그런지 중랑구에 사는 분들이 대부분이었다.

대회에 참가한 엄마들은 서툰 한국말로 한국 생활 적응기를 이야기했다. 한 사람 한 사람의 이야기가 가슴 뭉클하고 애잔한 사연이었다. 말하다가 감정이 복받쳐 눈물을 흘리는 분이 있는가 하면, 의도와 상반된 엉뚱한 단어로 폭소를 유발하는 분도 있었다. 이 무대에서 '원 마인드' 아이들이 아프리카댄스 공연을 했다. 나는 '원 마인드' 공연을 보고 깜짝 놀랐다. 예전에 캄보디아에 여행가서 〈앙코르의 미소〉라는 공연을 본 적이 있다. 〈앙코르의 미소〉는 앙코르와트를 건립한 자야바르반 7세 때의 크메르 제국 전성기를 배경으로 하여, 장예모 감독이 연출한 세계적인 예술 공연

이다. 나는 '원 마인드'의 발랄한 율동을 보고 〈앙코르의 미소〉에 나오는 크메르 전사들의 몸놀림이 떠올랐다. 동남아 출신 엄마와 한국인 아빠 사이에서 태어난 우리 아이들에게 크메르 전사들의 피가 흐르고 있다는 느낌이 확 들었다.

그 후, 동네 행사가 있을 때마다 '원 마인드'를 식전 무대에 서게 했다. 구청장이 참석하는 신년 인사회, 동 직능단체 송년회, 주민 시 낭송회 등에서 공연하게 하여 '원 마인드'의 존재를 널리 알렸다. 공연이 있을 때는 다문화가정의 가족들까지 초대하여 아이들의 활기찬 모습을 보게 했다. '원 마인드'는 동네의 자랑거리가 되었다. 어린이들의 공연이라 사람들이 좋아하고 관심을 가졌다. 동네에 이미 준비된 어린이 공연팀이 있으니 동장으로서 든든했다.

여러 단체에서 다문화가정에 관심을 가지고 지역사회에 적응할 수 있도록 돕고 있다. 동네 교회와 시장 상인회가 협조하여 매월 한 차례 다문화가정을 초청하여 점심을 함께 먹는 행사를 열었다. 필리핀, 몽골, 베트남 등 매월 돌아가며 그 나라 음식을 준비했다. 행정력이 미치지 못하는 영역을 민간에서 대신해 주니 동장으로서는 고마운 일이다. 행사가 시작되자, 동장에게 인사말을 하라고 했다.

"다문화가족들이 한국 사회에 적응하여 동네 주민으로 당당하게 살아가도록 돕는 것은 마땅히 나라와 동장이 해야 할 일인데,

교회와 시장 상인조합에서 앞장서 주시니 고맙기도 하지만 염치가 없습니다."

며칠만 외국에 나가 있어도 김치가 그리워지는데, 낯선 타국에 와서 결혼하고 아이를 키우는 다문화가정 엄마들이 고향의 음식을 얼마나 그리워할지는 두말할 필요가 없다. 타국 생활에 지치고 힘들 때, 가장 그리운 것은 고국의 어머니와 어머니가 해주신 음식이다. 동네 주민들이 만든 음식을 대접받은 다문화가정 엄마들의 얼굴에 생기가 돌았다.

시 낭송회가 있는 동네

2018년 11월 27일, 망우본동주민센터에서 '주민 시 낭송회'를 열었다. 행사에 필요한 예산은 2017년에 우리 동 주민참여예산으로 편성되어 구청 문화체육과 행사비로 잡혀 있었다. 그런데 문화체육과 행사가 너무 많아 망우본동에서 주관하라고 해서, 부랴부랴 예산을 받아 행사를 준비했다.

주민센터 직원들은 문화 행사를 주관해 본 경험이 없어서 낯선 업무를 달가워하지 않았다. 나는 구청 문화체육과에서 문화 행사를 많이 해봤으므로 윤곽을 쉽게 파악할 수 있었다. 사실, 문화 행사는 예산만 있으면 즐겁게 할 수 있다. 행사의 기본 매뉴얼에 창의성과 지역 특성을 살리면 얼마든지 좋은 행사를 할 수 있다.

망우본동 지역에는 망우리역사문화공원이 있다. 그곳에 잠들어 있는 박인환, 한용운 시인의 시를 행사 주제로 삼기로 했다. 홍보 플래카드는 박인환 시인의 「목마와 숙녀」를 주제로 박재동 화백이 그려준 그림과 인터넷에 있는 박인환 시인의 사진을 편집하여 제작했다. 준비 기간이 짧아 시 낭송 참가자들을 공모할 시간이 턱없이 부족했다. 동네에 소재하는 중학교 4개교와 고등학교 4개교에서 학생 한두 명씩을 추천받았다. 일반인 낭송자는 주민자치위원과 통장 중에서 선정했다. 중랑구 문인협회에 등록된 시인을 심사위원으로 위촉하고 발표자들에게 시 낭송의 기본을 교육하게 했다.

행사가 시작되면 동장이 먼저 인사말을 해야 했다. 인사말에서 시와 관련된 이야기를 해야 할 텐데 고민스러웠다. 고등학교 때 아리스토텔레스의 『시학』을 읽어봤으나, 마음에 와 닿지도 않았고 기억나는 것도 없었다. 유튜브에서 한국고전번역교육원 박소동 교수의 『시경』 강의를 들은 터라, 『시경』으로 아는 척해야겠다고 작정하고 공부했다. 공자님이 썼다는 『시경』의 서문 강의에 크게 공감이 되었다. 서문은 공자님의 자문자답으로 이루어졌다. 나는 인사말에서 박소동 교수의 강의를 그대로 인용했다.

"어떤 사람이 묻기를 시는 무엇을 위해 씌었는가? 내가 대답하기를, 사람이 태어나서 생각 없이 고요한 상태인 것은 하늘에서 받은 본래의 성품 그대로다. 그런데, 나 말고 다른 사물로부터 느낌을 받아 무엇인가 동요가 생기는 것은 타고난 성품에 대한 욕구의 발로이다. 욕구가 있다 보면 생각이 없을 수 없고, 생각이 있다 보면 말이 없을 수 없다. 말을 하다 보면 말로는 다 표현할 수 없는 게 있는데, 그때는 한숨도 쉬고 감탄도 하고, 그 나머지까지 저절로 소리와 박자가 된다. 그래서 그만둘 수가 없다. 이것이 시가 지어지게 된 까닭이다."

공자는 사람에게서 시와 노래가 나오는 배경과 과정을 너무 쉽게 설명했다. 옛 성현의 말씀으로 아는 체했더니 참석자들이 눈을 똥그랗게 뜨고 경청했다. "오늘 처음 여는 시 낭송회지만, 동네에서 이런 문화 행사를 정기적으로 열어, 주민들의 정서 함양에 도움이 되도록 관심과 참여를 부탁드립니다."라며 끝을 맺었다.

성경, 불경, 유교 경전 등 성인의 말씀을 기록한 책을 경전이라고 한다. 사서삼경의 하나인 『시경』은 공자님의 말씀이 아니라, 주나라 시대 백성들의 노래를 공자님이 정리하신 책이다. 어느 날 TV를 보는데 전북 장수의 어떤 할머니 말씀이 귀에 꽂혔다.

"글은 거짓말로 쓸 수 있어도, 노래는 거짓말로 못 한다."

옳은 말씀이다. 기분이 좋아 혼자 콧노래로 흥얼거리는데 거짓말로 할 까닭이 없다. 〈인간극장〉을 보게 되었는데, 구례 할머니가 밭에서 김을 매면서 흥얼거리신다.

"영감아 땡감아 죽지를 마라. 봄보리 캐다가 전 지져주께."

할머니는 연세가 들어가면서 날로 쇠약해지는 할아버지가 돌아가실까 걱정이다. 걱정이 할머니의 마음에 파동을 일으켜 욕구가 생기고, 욕구는 생각으로 다듬어져 시가 되고 노래가 되어 저절로 나오는 것이다. 민요의 사설을 보면 이런 맥락이 잘 드러나 있다. 특히, 〈진도아리랑〉이나 〈육자배기〉는 서정성이 짙고 예술적 경지가 높아 사람들의 심금을 울린다. 공자님은 인간에게서 시가 나오게 되는 연유를 정확하게 집어냈다.

할머니의 말 없는 눈물

국가보훈처에서 국가유공자 유족의 집 출입문에 '국가유공자의 집'이라고 새긴 명패를 제작하여 달아주는 사업을 했다. 나라를 위해 희생하신 분들의 뜻을 후대에 전하고, 유가족에게 자긍심을 심어주기 위한 사업이었다. 태극기 문양이 박힌 아담한 명패가 주민센터에 배부되었다. 동장이 직접 부착하라는 구청장의 지시에 따라 애국지사 집 여섯 가구를 방문하여 출입문에 명패를 달았다.

유족들의 관점에서 보면, 사소한 것으로 나라에서 생색내는 것처럼 보일까 봐, 최대한 예의를 갖추고 조심스럽게 접근했다. 다행히 반응이 좋았다. 유족들이 명패의 디자인이 소박하면서도 격조 있다고 만족해했다.

유족들은 생활 형편에 차이가 있었다. 그 가운데 일제에 항거하여 독립운동을 하던 애국지사의 후손들이 어렵게 사는 경우가 많았다. 한 유족이 허름한 단독주택에 세 들어 살고 있었다. 애국지사 조원경의 외손녀인 88세 윤준용 할머니였다. 할머니는 단독주택 2층에서 아들과 단둘이 살았다. 60세 된 아들은 결혼하지 못했다. 제대로 교육을 받지 못해 공사장에서 막일하다 허리를 다쳐 국민기초생활 수급자가 되었다. 할머니 댁에 애국지사의 집 명패를 달려 했더니, 집주인이 허락해야 한다며 못 달게 했다. 집주인의 허락을 받고 난 뒤에 당신이 달겠다고 해서 명패를 드리고 왔다.

퇴직 일주일 앞두고 마지막 인사를 드리려고 할머니를 다시 찾아갔다. 복지 담당 여직원과 담당 통장을 대동했다. 독지가가 주민센터에 기부한 쌀 20킬로그램 한 포대를 가져갔다. 집주인의 허락을 받았는지 출입문 한쪽에 '애국지사의 집'이라는 명패가 걸려 있었다. 쌀 포대를 어깨에 메고 할머니가 사시는 2층으로 올라갔다. 쌀 포대의 무게가 그분들의 삶의 무게만큼 무겁게 느껴졌다.

"할머니, 저 며칠 있으면 정년퇴직합니다. 건강하세요."

할머니는 말없이 눈물만 글썽였다. 가슴에 묻어둔 사연이 많으신 것 같았다. 시간을 더 할애하여 이야기 많이 듣고 올 걸 하는 아쉬움이 남았다. 담당 통장에게 오며 가며 잘 챙겨달라고 당부했다.

공무원을 뽑는 면접관이 되다

총무과 직원이 전화했다. 서울시 9급 공무원 필기시험 합격자들 면접시험관으로 가야 하는데, 일정이 가능하냐고 물었다. 신규 공무원 채용을 위한 면접관은 직급이 5급 이상이어야 한다. 관행상 신규 사무관이 면접관으로 많이 차출된다. 30년 전에 피면접자였던 나는 이번에 면접관으로 반전된 상황을 경험하고 싶어 승낙했다.

사무관 승진 교육과정에서 받은 면접시험 교재를 살펴보았다. 신규 사무관 교육과정에서 강사는 "성적과 관계없이 공무원 조직에 들어와서는 안 될 사람을 탈락시키고, 필요한 사람을 합격시키는 게 면접관의 책무다."라고 가르쳤다. 문제는 대상자를 어떻게 골라내느냐다. 공무원이 드러나게 비행을 저지르면 당연히 처벌받고 해임된다. 그럴 정도는 아니지만, 직원 화합을 해치고 업무 협조가 안 되는 공무원도 있다. 그런 공무원은 부서 직원들 간 팀워크에 큰 지장을 주고 일할 맛을 떨어뜨린다. 인성에 문제가 있는 사람도 한번 임용되면 공무원의 신분이 법적으로 보장되므로 큰 잘못이 없다면 어찌할 수 없다. 간혹 언론에서 공무원을 철밥통이라고 하는데 이런 면이 있기 때문이다.

2018년 10월 17일, 서울시 인재개발원에서 오전 10시부터 오후 6시까지 온종일 면접관으로 근무했다. 면접위원은 3명의 위원으로 현직 사무관 1명, 사무관급 이상의 퇴직자 1명, 외부인 1명으로 구성되었다. 피면접자 1인당 30분씩 배정된다. 피면접자가 면접실에 입장하면 먼저 5분간 자기 생각을 말하게 한 다음, 위원들이 돌아가며 질문한다. 30년 전 내가 서울시 공무원으로 들어올 때 면접은 통과의례에 불과했으나, 지금은 전혀 그렇지 않다. 아예 필기시험에서 130퍼센트를 합격시켜 면접에서 30퍼센트를 탈락시킨다. 요즘에는 필기시험 합격자들을 대상으로 면접시험을 위한 강좌가 즐비하고, 적지 않은 비용을 수강료로 내는 것으로 알고 있다.

우리 팀 면접위원들이 30분 간격으로 열네 명의 면접을 치르고 나니 저녁 7시가 넘었다. 수험생들도 힘들었겠지만, 열네 명에게 비슷한 질문을 반복해야 하는 면접관들도 힘들었다. 우리가 잘못하여 자질이 안 되는 공무원이 걸러지지 않거나, 그 반대의 경우가 생길 수 있다는 부담이 있었다. 어떤 수험생은 감정이 복받쳐 눈물을 흘리기도 했다. 다들 열심히 준비했는지 대체로 질문 의도에서 벗어나지 않게 응답했다.

나는 절제된 언행으로 차분히 응답하는 수험생에게 호감이 갔다. 말솜씨가 화려하고 감정 변화가 많은 수험생에게는 좋은 점수를 주지 않았다. 답변이 부족하더라도 내면화된 생각을 진솔하게 표현하는 수험생을 좋게 봤다. 그것은 일시적인 노력으로 되는 게 아니라고 봤다. 면접학원에서 교육받은 듯한 정형화된 정답을 줄줄이 외는 수험생도 좋게 평가하지 않았다. 그런 답변은 자신에게 내재화되지 않고 천편일률적이어서 금방 알아볼 수 있었다. 머릿속에 든 생각은 계량할 수 없으니, 직관력에 의존할 수밖에 없다. 결국, 아무리 좋은 시스템과 매뉴얼이 갖춰졌다 하더라도 사람이 하는 일이기 때문에 사람이 문제다. 나라를 위해 쓸만한 일꾼을 알아볼 안목을 갖춘 면접관이 좋은 공무원을 선정할 수 있다.

나는 30년 전에 서울시 임용시험과 면접시험을 통과하여 서울시 공무원에 임용되었다. 근무하면서 필기시험 감독관을 수도 없이 맡았다. 이제 면접시험관까지 맡아봤으니, 서울시 공무원이 되는 모든 과정에 직접 참여해 본 것이다. 만일 사무관으로 승진하지 못했더라면 면접관 경험은 없었을 것이다.

감정노동자의 평정심

　내가 사는 집은 근무지에서 가까워 걸어서 출퇴근했다. 출퇴근하면서 도로변에 쌓인 쓰레기는 없는지, 공사장 주변에 위험 요소는 없는지 동네를 살폈다. 휴일에는 승용차로 사우나를 다녀오면서 일부러 동네 한 바퀴를 돌기도 했다.

　어느 일요일, 사우나를 마치고 집에 가는데 주민센터 앞에 119 구급차와 경찰 순찰차가 출동해 있었다. 무슨 일인지 궁금해서 사무실에 들어가 보았다. 현관에 들어서니 직원 세 명이 걸레로 바닥을 문지르고 있었다. 무슨 일이 있었냐고 물었다. 사회복지 직원들이 휴일 근무를 하는 중에 정신질환이 있는 기초생활수급자가 들어와 횡설수설하더니, 현관에 용변을 봐놓고는 나가지를 않았다. 퇴거 요구에 불응하는 정신장애인을 어찌할 수 없어

119와 경찰에 신고했다. 출동한 경찰관이 강제로 끌어내는 과정에서 현관 주변이 용변 범벅이 되었다. 현관의 오물을 태연하게 치우고 있는 직원들이 기특해서 고생이 많다고 했더니, 킥킥 웃으면서 냄새가 장난이 아니라고 했다. 나는 몇 년 전 비염을 앓고 난 뒤부터 후각에 문제가 생겨 악취를 맡지 못했다.

월요일 근무시간 후에 그 직원들을 불러 밥을 사주며 격려했다. 나는 음식 앞이라 가능하면 용변 얘기를 안 하려고 했는데, 한 직원이 어리광 부리듯이 말을 꺼냈다.

"동장님, 어제 냄새가 너무너무 지독했어요. 지금도 머릿속에서 똥 냄새가 지워지지 않아요."

"나는 똥 냄새를 맡지 못하니 내가 알 바 아니다. 각자 알아서 지워라."

그렇게 농담으로 웃어 넘겼지만, 그런 극한 상황에서도 자기 집 일처럼 천연덕스럽게 뒷정리한 직원들이 대견했다. 공무원은 어떤 순간에도 평정심을 잃지 않아야 한다.

1988년, 내가 동사무소에서 공무원 생활을 시작할 때는 사회복지 업무를 담당하는 직원이 한 명뿐이었다. 지금은 모두 열여섯 명으로 주민센터 직원의 3분의 2를 차지한다. 생활이 어려운 주민들을 상대하니 감정 소모도 많고 소통하기도 힘들다. 주민센터에 와서 막무가내로 떼를 쓰거나 폭언하는 사람이 있고, 심지어 협박하는 사람도 있다. 돌봐줄 가족이 없거나, 가족마저 포기

한 치매 환자들도 있다. 사회복지 직원들은 이런 분들에게 필요한 도움을 주려고 대화하고 소통한다.

직원들이 상대하기가 힘들긴 하지만, 행패를 부리더라도 주민센터에 찾아오는 분들은 차라리 낫다. 문제는 어려운데도 주위에 손을 내밀지 않고 마음의 문을 닫아버린 분들이다. 이런 분들은 외부와 접촉을 차단하고 은둔한다. 혼자서 고통을 감내하다가 극단적인 선택을 할 가능성이 있다. 주민센터 사회복지 공무원들과 동네 통장들은 이런 이들을 찾아내려고 노력하고 있다. 주민센터 직원과 연결만 되면 어떻게든 도울 수 있다.

미국 여행에서 만난 역사와 문화

  2019년 4월, 정년퇴임을 두 달 앞두고 미국 연수라는 행운을 얻었다. 일주일간 미국 동부 지역과 캐나다를 돌아봤다. 2018년에 모 지방의회 의원들이 해외 연수 중 물의를 일으킨 사건이 있었다. 언론에 대대적으로 보도되어 국민이 분노했다. 이 때문에 공직자들의 해외 연수를 바라보는 시선이 곱지 않은 터라, 취소되지나 않을까 노심초사했다. 다행히 해외 연수는 차질 없이 진행되었다.

  2019년 4월 10일부터 4월 18일까지 7박 9일 일정으로 연수를 떠났다. 뉴욕, 우드버리 아웃렛, 몬트리올, 퀘벡, 오타와, 몬트리올, 토론토, 나이아가라폭포, 해리스버그, 워싱턴 D. C.를 거쳐 다시 뉴욕으로 돌아왔다. 첫날 인천공항을 출발하여 열네 시간

만에 JFK공항에 도착했다. 미국 입국심사에서, 캐나다인과 미국인들은 전용 출구를 통해 신속하게 빠져나갔지만, 나머지 여행객들은 똬리를 튼 뱀처럼 꼬불꼬불 줄을 섰다. 입국심사가 세 시간 넘게 걸리는 바람에 진이 다 빠졌다.

귀국하는 날은 비행기 안에서 힘들었다. 케네디공항에서 귀국 비행기를 타고 세 시간 남짓 비행하던 중에 응급환자가 생겼다. 기장은 귀항을 결정하고 케네디공항으로 회항했다. 비행기는 공항에서도 급유와 승무원 교대 등으로 다섯 시간을 더 지체한 뒤 출발했다. 인천공항에는 예정보다 열한 시간 늦게 도착했다. 스물다섯 시간을 꼼짝없이 비행기 안에 갇히는 고통을 겪고 보니, 다시는 비행기를 타고 싶지 않았다. 집 나가면 고생이라는 말이 실감 났다.

미국 여행 중에 만난 몇 가지 인상적인 것들이 있다. 2019년 4월 16일, 워싱턴 D.C.의 국회의사당을 방문했다. 출입구에는 보안 검색을 받으려는 관광객들의 줄이 길게 늘어서 있었다. 그중에는 유난히 검은색 정장 차림의 흑인 여성들이 많았다. 엄격한 보안 검색을 통과하여 의사당 1층에 도착했다. 1층 전당에는 50개 주를 대표하는 인물들의 흉상이 있었다. 미국 각 주에서 가장 존경받는 인물의 흉상을 제작하여 국회로 보내면 심의를 거쳐 설치한다고 가이드가 설명했다. 현재 47개 흉상이 설치되었다. 나의 시선은 앨라배마주를 대표하는 로사 파크스Rosa Lee Louise

McCauley Parks(1913~2005)에게 꽂혔다.

　미국 흑인에게 참정권이 주어진 것은 1870년이다. 그러나 흑인이 백인과 함께 버스를 타는 데는 그로부터 85년이 더 걸렸다. 그 변화를 촉발한 사람이 로사 파크스다. 미국 의회는 그에게 '현대 인권운동의 어머니'라는 찬사를 보냈다. 사건의 발단은 1955년 12월 1일 목요일에 일어났다. 미국 앨라배마주의 로사 파크스라는 흑인 여성이 퇴근길 버스에 올랐다. 잠시 후 비좁은 버스에 백인 승객이 오르자, 버스 기사가 그녀에게 자리를 양보하라고 했다. 그녀는 이를 거부했고, 곧바로 체포되어 재판에 넘겨졌다. 이 작은 반항에 많은 사람이 함께 움직였고, 미국 흑인 인권운동의 도화선이 되었다.

　입구에서 봤던 정장 차림의 흑인 여성들이 로사 파크스 흉상 앞에서 삼삼오오 사진을 찍고 있었는데, 표정들이 한결같이 밝았다. 그들의 얼굴에는 피부색이 같은 여성이 앨라배마주를 대표하는 인물로 국회의사당에 있는 것에 대한 자부심이 넘쳤다. 미국의 제3대 대통령 토머스 제퍼슨은 "자유라는 나무는 독재자와 애국자의 피를 먹고 자란다."라고 했다. 나는 신자유주의와 자국 우선주의에 빠져 제멋대로인 트럼프의 미국 말고, 자유와 보편적 인권을 존중하는 제퍼슨의 미국을 좋아한다.

　국회의사당을 둘러보고 버스로 약간 이동하여 백악관 앞에 섰다. 영상이나 사진으로만 봤던 미국의 심장부, 20세기에 들어서

부터 세계 역사를 주도했던 권력의 핵을 먼발치에서 눈으로 확인했다. 그 반대편에는 제퍼슨 기념관이 있었다. 미국독립선언서 작성에 참여했던 토머스 제퍼슨이 현 대통령 관저를 주시하는 건물 배치는 후임 지도자들이 국정 수행을 잘하게 하려는 의도가 깔려 있다고 가이드가 설명했다.

제퍼슨 기념관을 돌아 링컨 기념관에 도착했다. 그곳에는 거대한 링컨의 동상이 있었다. 정면 호수 끝에는 기다란 오벨리스크가 있었는데, 워싱턴 기념탑이다. 워싱턴의 업적을 기리고자 1885년에 만들었고, 169미터로 세계에서 가장 높은 오벨리스크라고 한다. 오벨리스크는 고대 이집트 왕조 때 태양을 숭배하는 상징으로 세워진 기념비다. 이집트에는 200여 개의 오벨리스크가 있었으나, 서구 열강들이 많이 약탈해 갔다고 한다. 프랑스 파리의 콩코드 광장에 있는 오벨리스크는 나폴레옹이 이집트 원정 때 약탈한 것으로, 가장 오래된 것(3,200년)으로 알려졌다.

링컨 기념관 앞에 서자, 직사각형의 널따란 호수가 눈앞에 펼쳐졌다. 순간, 나의 머릿속에는 영화 〈포레스트 검프〉의 한 장면이 떠올랐다. 월남전 영웅으로 유명 인사가 된 검프가 링컨 기념관 앞 무대에서 연설하고 있었다. 그때 저 멀리서 한 여인이 인파를 헤치고 호수에 뛰어든다. 하얀 드레스에 금발을 흩날리며 만면에 웃음을 띠고 있다. 그녀는 오래전에 헤어졌던 포레스트 검프의 여자 친구 제니다. 제니는 검프가 아직도 자기를 사랑하고 있다고 확신하는 듯, 두 팔을 크게 휘저으며 무릎까지 차는 물을 첨벙거리며 달려온다. 이를 알아본 검프도 호수로 뛰어든다. 군중의 환호와 박수 속에 두 연인은 얼싸안으며 감격스러운 해후를 맞이한다.

나는 잠시 영화 속의 주인공이 된 것처럼 상념에 젖었다. 영화는 우리 같은 장삼이사들에게 상상 속에서나마 주인공이 되게 한다. 링컨 기념관 앞에서 내 머리에 떠오른 것은 노예해방이 아니라 영화의 한 장면이었다. 예술 작품, 특히 영화가 대중들에게 각인하는 효과는 엄청나다.

미국을 싫어하는 사람도 미국 영화는 싫어하지 않을 것이다. 할리우드가 중심이 된 영화산업은 미국을 강대국으로 만드는 이유 중 하나다. 내가 미국을 부러워하는 것도 대중의 마음을 사로잡는 뛰어난 영화를 만들 수 있는 나라이기 때문이다. 문화와 예술이라는 나무는 자유라는 토양이 있어야 꽃을 피울 수 있다. 한국의 어떤 원로 영화감독은 말했다.

"1970년대 독재정권이 영화를 검열하지 않았더라면, 30년 전에 봉준호 같은 감독이 나왔을 겁니다."

미국 입국 첫날 JFK공항에서 뉴욕으로 들어갈 때 버스 창밖으로 보이는 공동묘지 단지가 인상 깊었다. 처음 보는데도 어디선가 많이 보아온 풍경처럼 낯설지 않았다. 귀국 비행기를 타러 JFK공항으로 갈 때도 유심히 보았다. 공동묘지는 맨해튼 외곽도로를 따라 에버그린, 캘버리 등 녹지대 단지로 조성되었다. 도심에 있는 공동묘지가 마치 조각 공원에 예술 작품을 설치해 놓은 것처럼 친근하게 느껴졌다.

맨해튼의 공동묘지가 친숙하게 느껴지는 것도 영화와 관계가 있다. 〈대부〉는 내가 감명 깊게 본 영화 중 하나다. 마리오 푸조의 소설을 프랜시스 코폴라 감독이 각색한 영화로 3편까지 제작되었는데, 말론 브란도와 알 파치노가 주연한 1편의 완성도가 가장 높다. 1편에서 대부의 장례식 장면 배경이 캘버리 공동묘지인 것 같았다. 크리스마스이브에 총격을 당한 대부, 돈 꼴레오네는 큰 아들 소니가 암살당하자 셋째 아들 마이클을 후계자로 지명한다. 마피아 패밀리 간의 살얼음판을 걷는 전쟁 상태에서 대부는 마이클에게 말한다.

"화해를 주선하는 자가 배신자다."

아니나 다를까 장례식 날, 테시오가 상주인 마이클에게 다가와 귓속말로 바르지니의 화해의 뜻을 전한다. 마이클이 문상 온 바르지니를 응시하자, 그는 시인하듯 고개를 끄덕인다.

동양의 내세관은 사람이 죽으면 혼과 백으로 분리된다는 것이다. 영혼은 혼이 되어 공중으로 흩어지고, 몸은 흙이 되어 땅으로 돌아간다. 이는 우주 자연의 순환 원리이고 환경친화적이다. 묘지는 망자의 육신이 흙이 될 때까지 잠시 머무는 곳이다. 그러니 공간이 넓거나 봉분이 클 필요가 없다. 망자를 기억하는 아담한 기념비 하나 세우면 될 것이다. 우리의 장묘문화도 점점 변해가고 있다. 땅은 좁은 데다, 묘지를 관리하기가 힘들기 때문이다. 나의 고향에는 묘소의 잔디를 없애고 전체를 콘크리트로 덮어버린 산소들이 늘어가고 있다. 콘크리트로 덮인 봉분이 자연과 어울리지는 않지만, 잔디를 덮고서 벌초 안 한 채 3년만 지나면 봉분이 잡초에 묻혀버리니 어쩔 수 없다.

중랑구에는 망우리역사문화공원이 있다. 이곳에는 한용운, 방정환, 이중섭 등 현대사에서 중요한 50여 분의 유명 인사들이 잠들어 있다. 주변 자연환경이나 접근성으로 봤을 때, 맨해튼의 에버그린이나 캘버리 공동묘지에 못지않다. 묻혀 있는 인물군으로 볼 때도, 쇼팽 등의 인물들이 묻혀 있는 파리의 페르 라셰즈에 뒤지지 않는다. 중랑구는 서울시와 협조하여 망우리역사문화공원을 '서울의 아침을 여는' 과거, 현재, 미래의 역사문화공원으로 조성할 계획이라고 한다. 이곳에 잠들어 있는 유명 인사들의 삶의 궤적을 찾아 이야기로 만든다고도 한다. 망우리역사문화공원이 친근하고 소담스럽게 꾸며져 서울 시민은 물론 서울에 오는 외국인도 찾는 명소가 되기를 기대한다.

수고했어, 박 동장

2019년 6월 26일, 아침 일찍 출근하여 직원들과 함께 '클린 데이Clean day' 행사에 참여하였다. 클린 데이는 서울시 모든 자치구가 매월 1회, 아침 7~8시에 정례적으로 자기 동네를 청소하는 캠페인이다. 청소하는 모습을 본 마을금고 이사장이 말했다.

"박 동장, 정년퇴직이 낼모레라면서 가는 날까지 청소하는 거야? 말년휴가는 안 가?"

"퇴직하면 원 없이 놀 건데요."

사실, 30년 장기재직 휴가와 올해 휴가 일수를 합하면 6월 한 달은 휴가로 매울 수 있었다. 집안일로 이틀 쉰 것 말고는 휴가를 쓰지 못했다. 20년과 30년 근무한 공무원에게 20일씩 주어지는 장기재직 휴가도 가지 않았다.

퇴임일이 다가오자, 단체장들이 동장 퇴임식을 해야 한다며 내 생각을 물었다. 망우본동에서 임기를 시작해서 세 차례나 근무하고 동장으로 퇴직한 사람은 전무후무하다. 반드시 퇴임식을 해야 한다고 했다. 단체장들과 동네 어르신 몇 분을 한자리에 모시고 저녁 식사 자리를 갖기로 의견을 모았다. 이왕 나를 위해 차려지는 밥상이라면 내가 원하는 밥상이 되도록 몇 가지 원칙을 정해서 직접 기획하고 연출했다.

첫째, 퇴임식이라는 단어는 권위적이니 쓰지 말고 친근하게 송별회라고 부른다.

둘째, 공직에 들어와 인연을 맺어 지금까지 교류하고 있는 분들을 초청하여 함께한다.

셋째, 내가 31년 공직 생활을 스토리텔링 하되, 중간중간에 초청 인사들의 소회와 노래를 섞어 토크쇼 형식으로 진행한다.

송별회 날짜는 퇴임 이틀 전인 2019년 6월 27일 목요일로 잡았다. 6월 28일 하루만 휴가 내면 주말이니 송별회를 끝으로 31년 2개월간 공직 생활의 막을 내리는 것이다. 송별회 장소는 망우본동주민센터 5층 강당으로 잡았다. 공무원으로 생활하는 동안 주민이나 기관장을 위한 행사만 해오다, 막상 내가 주인공이 된다고 생각하니 어색하고 쑥스러웠다.

송별회 주제는 '수고했어, 박 동장'으로 정했다. 동네에 작업실을 두고 있는 박재동 화백이 나의 캐리커처를 그려주었다. 10년

전에 통장 47명과 단합대회 가서 찍은 단체 사진을 넣어 제작한 플래카드를 무대 뒤에 걸었다. 그동안 눈여겨보아 둔 단체 회원 중에서 노래 잘하는 세 분과 딸에게 노래를 부탁했다. 내가 초임 때부터 알고 지낸 단체장 대표, 선배 공무원, 주민자치회장이 나와 인연 맺게 된 사연을 이야기했다. 나는 진행자가 되어 31년의 이야기를 풀어나갔다. 말이 어눌하여 매끄럽지는 않았지만, 어차피 내가 주인공이니 이해해 줄 것으로 믿고 편하게 진행했다.

한 시간이 금방 지나갔다. 행사를 마치고 반응을 보니, 전혀 색다른 퇴임식에 인상 깊었다고 했다. 공직 생활 중에 딱 한 번 내가 주인공인 행사였다. 행사를 치르는 데 직원들을 고생시켜 미안하고 고마웠다. 송별회를 마치고 주민센터 근처 식당에서 손님들에게 저녁 식사를 대접했다.

식사하면서 술이 한잔 들어가자 나에게 노래를 시켰다. 묵동 형님들과 함께 〈울며 헤진 부산항〉을 합창했다. 원래 묵동 형님들이 송별회장에서 부르기로 했었는데, 부끄러워 못 하시겠다고 한 노래였다. 술이 한잔 들어가니 율동까지 곁들어 좌중을 즐겁게 했다. 마지막으로 제일 연장자인 단체장님이 건배를 제의했다. "수고했어"를 선창하자, 좌중이 "박 동장"으로 화답했다. 식당에 박수와 함성이 가득했다. 이렇게 2차 뒤풀이까지 마침으로써 31년 2개월의 공직 생활은 중랑구 망우본동 동장을 끝으로 마침표를 찍었다.

공무원의 책임과 의무라는 멍에를 벗고 나서

2019년 7월, 공로연수 6개월 휴가를 얻어 한반도 남쪽 끝자락 진도군 고군면 벽파에서 자발적 유배 생활에 들어갔다. 일과 가정과 사회적 역할의 멍에를 벗고 완벽하게 자유를 찾은 것이다.

벽파는 민가 20여 호가 있는 조그만 바닷가 마을이지만, 1597년 8월 29일부터 충무공 이순신이 16일간 머물며 명량해전을 준비했던 유서 깊은 곳이다. 나는 충무공이 벽파 앞바다를 바라보며 울돌목 전투를 구상했을 법한 뒷동산을 매일 산책했다. 전원생활은 자연의 시계에 맞춰 돌아간다. 해 뜨면 일하고 해가 지면 집에 들어와 쉰다. 해 뜨기 전에 근처 둔전저수지에서 두어 시간 낚시하다 집에 들어와 휴식을 취하고 독서를 하고 글을 썼다.

아침이 되면 나는 낚시를 하고, 학생들은 학교 가고, 사람들은 논밭에서 일하는 일상이 반복되었다. 내가 이렇게 빈둥빈둥 놀아도 되는 것일까? 무단결근한다는 불안한 생각이 들었다. 그러나 퇴직해서 자유의 몸이 되었다는 현실을 깨닫고는 안도했다. 때로는 출근 시간에 늦어 허둥대거나, 대책 없이 사표를 던지고 전전긍긍하는 꿈을 꾸기도 했다. 나의 잠재의식은 오랫동안 바쁘게 돌아갔던 서울 생활의 관성력과 공무원이라는 굴레에서 벗어나지 못하고 있었던 것이다.

동장으로 지낸 기간은 짧았지만, 많은 사람이 관심을 가지고 안부를 물었다. 어떤 분은 최고의 동장으로 추켜세우면서, 식사 한번 대접하고 싶은데 왜 그리 멀리 가셨냐고 했다. 서너 명 일행으로 직접 찾아오신 분들도 있었다. 나는 기꺼이 진도에서 목포역으로 나가 그들을 태우고 운전 겸 관광 가이드 역할을 했다. 유달산, 천사대교, 퍼플교를 돌아 목포의 맛집에서 식사하고 KTX로 상경시키는 게 코스였다. 내가 진도에 있는 동안 다녀가신 분들 중에는 목포는 고사하고, 전라도 땅을 한 번도 밟아보지 않았다는 분들이 있었다. 방문객들은 가장 인상 깊었던 곳으로 신안군 안좌도 퍼플교 투어를 꼽았다. 퍼플교 위에서 태고의 자연 그대로를 간직한 갯벌 위를 기어 다니는 칠게와 짱뚱어를 난생처음 봤다고 했다.

진도에서 지내는 동안 또 하나의 귀한 인연을 만났다. 〈조도닻배노래〉 기능보유자이신 전라남도 무형문화재 제40호 조오환 선생님과의 만남이 그것이다. 선생님께 3개월간 북장단에 〈사철가〉를 배웠다. 박치에다 연주할 수 있는 악기도 없었는데, 선생님의 지도로 북으로 중모리장단을 치며 〈사철가〉를 부를 수 있게 되었다. 2019년 8월, 무더운 여름밤에 진도 쏠비치콘도 개장 기념 공연이 있었다. 조오환 선생님과 딸 조유아 부녀가 〈엿타령〉을 공연했는데, 벽파 할머니와 함께 가서 구경했다.

진도를 떠나기 전 선생님을 모시고 제자 몇 분과 이별주를 마셨다. 즉석에서 〈진도아리랑〉 공연이 벌어졌다. 사설이 끊임없이 이어졌다. 나도 이별의 메타포로 한 소절을 불렀다. "서산에 지는 해는 지고 싶어서 지느냐. 날 버리고 가는 님은 가고 싶어서 가느냐." 선생님께서는 연로하신 데다 약주까지 좋아하셔서 건강이 걱정된다. 진도를 떠난 후에도 매년 서너 차례 찾아가 뵌다. 선생님 안 계시는 진도는 외할머니 안 계시는 외갓집 느낌일 것 같아 슬퍼진다. 선생님의 만수무강을 빈다.

벽파에 겨울이 왔을 때 글을 마무리하고 서울에 돌아왔다. 2019년 말로 공로연수 기간이 끝났으니, 2020년 1월 1일부터는 공무원 신분을 벗고 완전한 자유인이 되었다. 그러나 곧바로 재취업해서 1월 2일부터 출근했다. 동네에 있는 주택재정비 회사에서 사람을 구했는데, 주변에서 나를 추천한 모양이다. 나는 사장에게 평생 공무원만 했는데 회사에 쓸모가 있겠느냐고 물었다. 주택재정비 회사는 주민의 신뢰가 중요한데, 평판 좋은 동장 출신이 들어오면 도움이 된다고 했다. 특히 재직 중 공직선거 업무 경험을 높이 샀다. 주택조합을 결성하고 주민대표를 뽑는 일은 공직선거 업무와 같으니, 회사에 유용하다고 했다. 근무시간에 구애받지 말고 편하게 근무하라고 해서 승낙했다.

집과 재취업한 회사가 동네다 보니 늘 주민들과 접촉하며 지낸다. "박 동장, 막걸리 한잔하지?"라는 전화를 자주 받는다. 오랫동안 알아왔고 이해관계가 없으므로 마음 편하게 어울린다. 전라도에는 이런 속담이 있다. "막걸리 한 잔을 먹더라도 손가락 저어서 먹는 사이는 다르다.", "소 장수 전대 차고 하는 소리와 막걸리 먹으면서 하는 소리는 다르다." 식당에 가도 아는 사람을 마주치게 된다. 어떤 분은 먼저 나가면서 말도 없이 밥값을 내기도 한다. 주민들은 퇴직한 나를 여전히 '동장'이라고 부른다. 나는 짐짓 이제 졸업했으니 된장 고추장 찾지 말라고 한다. '동장'이라는 관직은 그리 높지도, 낮지도 않다. 주민들은 나에게 친근감과 존중심을 표현하느라 그렇게 부를 것이다. 나도 그 호칭이 싫지가 않다. 그만큼 매사에 조심해야 한다. 내가 사는 곳은 서울이지만 번잡하지 않고, 주민들에게는 시골의 소박한 정서가 남아 있다. 인생 제2막을 시작하기에 적당한 곳이라 생각한다.